空谷 著

空谷

空山寂寂　幽谷无言

百花文艺出版社
BAIHUA LITERATURE AND ART PUBLISHING HOUSE

图书在版编目(CIP)数据

空谷/空谷著.-天津:百花文艺出版社,2012.6

ISBN 978-7-5306-6125-3

Ⅰ. ①空… Ⅱ. ①空… Ⅲ. ①散文集-中国-当代 Ⅳ. ①I267

中国版本图书馆 CIP 数据核字(2012)第 108591 号

百花文艺出版社出版发行

地址:天津市和平区西康路 35 号

邮编:300051

e-mail:bhpubl@public.tpt.tj.cn

http://www.bhpubl.com.cn

发行部电话:(022)23332651 邮编部电话:(022)23332478

全国新华书店经销

北京奥隆印刷厂印刷

*

开本 889×1194 毫米 1/32 印张 5 字数 130 千字

2012 年 9 月第 1 版 2012 年 9 月第 1 次印刷

定价:24.00 元

听山

——自序

故乡是一个梦想开始的地方，也是一抹无论走得多远、任谁都无法将其从心中移开的、总在黄昏时分蓦然跃出心头的厚重的剪影。

我的这个剪影就这样时时常常地在心中攒动，不管是昼夜还是黄昏，也无论是欢乐或是失意的日子。

家乡的三面都是山，也不是特别雄峻的那种，甚至也可以称为丘陵吧。可就是这些小小的山头，因着凝聚了许多儿时记忆的缘故，在我的脑海里竟占据了浓重的篇章，于是在这片充满辛酸和欢乐的小小的山谷之间，酝酿出了这些文字，尽情地挥洒着各种复杂的情感和感触。

孩提时代的心小，也可能是各方面闭塞的缘故，一直到出去上学，才知道外面的世界并不是几个乡村那么大——那时我已经认为很大了，才知道并不是翻过那片连绵的山头就是中国的最南部，天真的我对穿过那片跃跃荡荡、好像永远也没有尽头的层峦叠嶂充满了好奇和冲动。那时的心态像极了鲁迅小说中描述的只看到院子里高墙上四角的天空。

其实现在看来，即便是徒步，翻过那片山峦也不是多么难的事情，可是在孩子的心里，这个想法竟然占据了一直到成年的大部分时间而未敢越雷池一步。因为在那时的心目中，穿越的或许不是一片山峦，而是一个陌生的世界，一个遥不可及的梦想。

尽管这样，这片山脚下的空空的山谷也赋予了我浓浓的或沉重或舒缓或艰辛或快乐的情感和记忆。

不得不说的是，我在《空谷》里描写的听山是一个美丽而浪漫的事件抑或是个幻想，但在真实版的记忆里，那时的听山背景是衬托在艰苦而又沉重的劳作之上的。

小的时候，由于农忙和日子过得很苦的原因，经常就有时候凌晨早起，走在漆黑的山路上跟着父母去赶早集，大多是为了卖猪或是瓜菜之类的好占个有利位置，或者是踩着星星点点的月光去早起翻地，也或者是突然来雨了连夜去山里收捡大队分的正在坡里晾晒的地瓜干，于是就有了很多听山的机会。只不过，那时大多没有这些美丽的心情和浪漫的想法罢了，迷迷瞪瞪晃走在崎岖山路上的我正沉浸在那暖暖的被窝和对各种农事的厌烦之中呢。

也或者是迫不得已，也或者是慢慢适应了这些略带苦涩的生活方式，也或者是大山各种的馈赠感动了我，在一次次山里漫步的夜晚，我真的听懂了大山的呼吸和声音，听懂了它那内心里丰富饱满蘸满深情的对子女的召唤，我仿佛真真地看到，静静的夜里大山是有着自己独特的繁忙和和煦的一个世界。山草在轻轻呢喃，各种林木在风的簇拥下相互亲吻，野菊花在湿漉漉的空气里尽情释放着它的香气，蛔蛔蛐蛐们正在悄悄地进行着约会，寂寞的小鸟不再惆怅，三三两两聚在一起跳起了优美的舞蹈，星光照耀下的山谷里，俨然就是正在进行着的一场盛大的音乐舞会……

静静的群山，在我的脑海里幻化成了一幅生动而鲜明的清明上河图，那是如何地让人激动和欣喜啊！

于是，在我的文字里，就有了望雪要求寒山陪着听山的未竟的渴望，有了《边想边忘》里那些看似非常美丽的描写，有了老康泰大叔精心呵护的那条山谷，有了那个让我一生难以释怀的山洞——“寒石屋”，有了那条寄托了无数梦想和期待的额尔古纳河……

找个理由，找个时间，在星光流淌的夜晚，一个人静静地听山，一个人静静地体味，一个人静静地感动一下，或许是现在这个充满浮躁和喧嚣时代的最好的心灵涤荡吧！

聊以为序。

2011 年 11 月 29 日

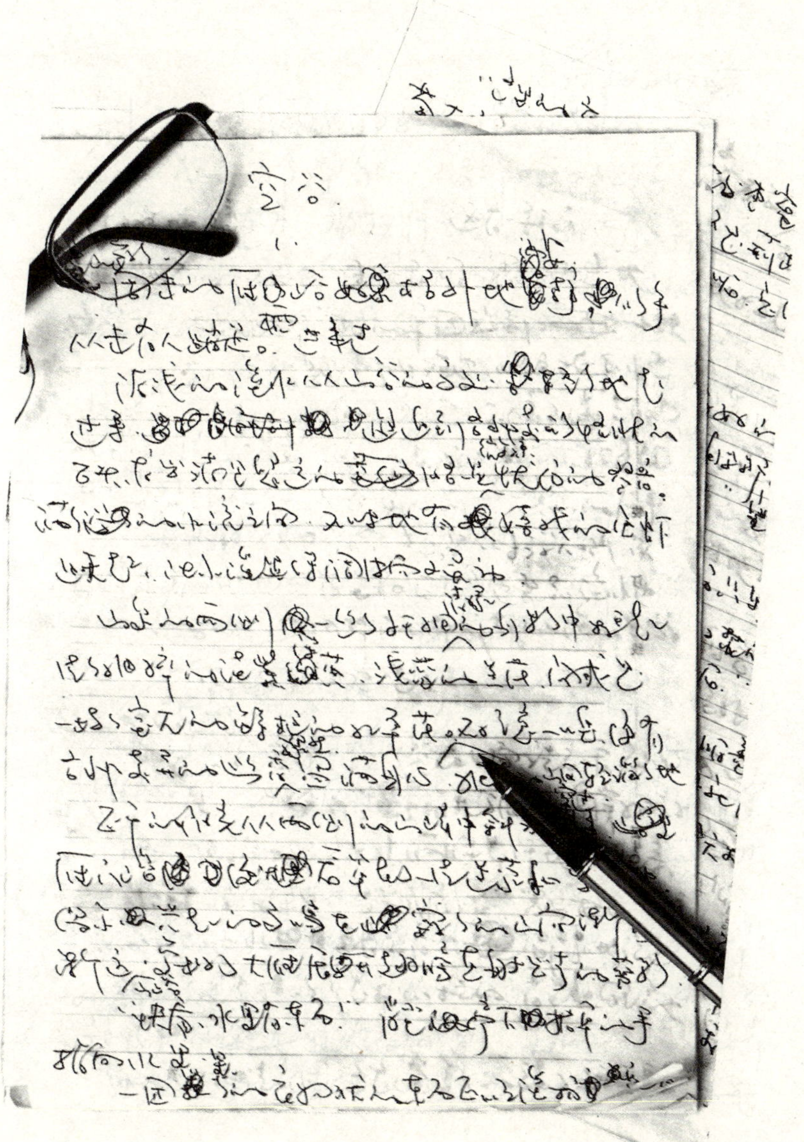

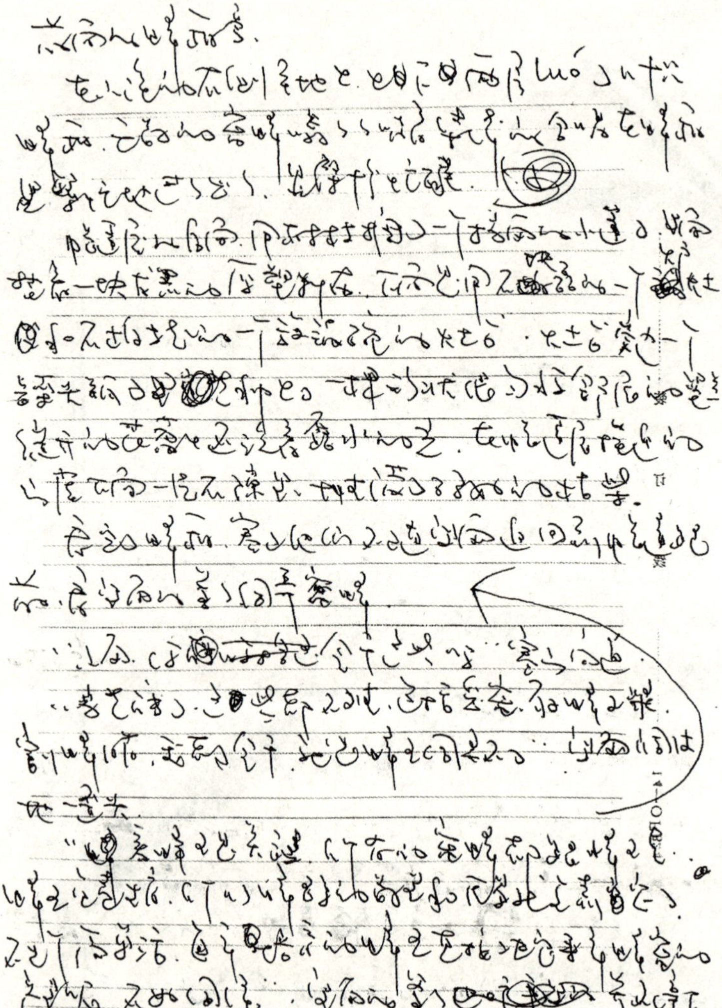

目　录

空谷

寂寂的天空中突然响起了歌声："天上有一轮月亮，月色皎洁令人神往，我和年轻的伙伴，一起把月色欣赏……"

1

空山寂寂。

周末的雁门峪格外地安静，似乎从未有人进来过。

清浅的溪水从山谷的高处轻轻地走过来，邂逅到各种奇形怪状的石头，发出清冷悠远的略显微凉的琴音。满满的水流之间，不时地有嬉戏的鱼虾跃起，让小溪显得愈加寂静。

山泉的两侧一丛丛纤细青绿的身影中挺起片片细碎的淡紫、浅蓝、深黄的兰花，间或是一枝枝突兀的鲜艳的红草花。细细的山风轻溜溜地穿过，不经意一嗅，便有各种奇异的幽香骤然盈满身心。

正午的阳光从两侧的山峰中斜射过来，雁门峪便笼罩在了一片迷蒙和梦幻中，偶尔兴起的鸟鸣在寂寂的山间渐行渐远，山峪像极了大雁展开翅膀直射出去的剪影。

“快看，水里有东西!”舒童停下拔草的手指向小溪。

一团蓝黑的衣物状的东西正顺溪水拐弯打漩地流下来。

“是衣服，不知哪来的衣服？还有一条手绢!”

寒山快速地将两手提紧的几墩带根的草团放到一块平板石头上，三步并作两步地跳到小溪边，顺手折下水边的一根荆杨枝条，猛地向水里一甩，不偏不倚，荆杨的枝头挂住了蓝黑色衣服的领子，右手向下按着往岸边一划拉，再往手绢那边一卷，弯腰的工夫，衣服和手绢就到了寒山的手里。

“哎，哪来的衣服，这山里从来没人啊，该不是有人出事了吧?”舒童和秋生也聚到溪水边。

就在这时，一阵细碎的脚步声从小溪上游叮咚地响过来。

“那是俺的褂子，俺正在上面洗衣服，不小心让水冲走了!”一个蓝花手绢扎马尾辫、身穿红格子棉布上衣、细高身材的女孩满脸是汗地急急跑来。

“谁说是你的?这明明是男式衣服!”寒山两手拧着衣服上的水歪着头很严肃地问道。

“就是，就是，这明明是我们捡的!”舒童和秋生也跟着打趣。

“我在上面洗衣服，这是俺爹爹的褂子，上面还有好多呢，不信你们去看看!”小姑娘局促地站在河边，轻轻地松开两个挽起的袖口，滑润的脸上泛起了红色。

“你是哪里来的，叫什么名字啊?这山里以前从没有人的，你们怎么来了啊!”寒山的语气明显放松了许多。

“俺叫望雪，你们就叫我小雪好了。俺是和爹爹来养蜂采蜜的，就在上面不远的水边，前几天晚上刚到的!”

看寒山的态度变化，小姑娘也明显放松了。

“是吗，为什么来这里采蜜啊?你们是哪里的?离这里远吗?”

“俺是北面择蒜峪的，离这里一百多里路吧。你们这边花多，也没有污染，所以就打听着来这边采蜜了。我们家是养蜂的。”

“好吧，衣服给你。小雪，是这么叫吧?带我们去看看你家的蜜蜂行吗?”

“不行，不能就这样给她，要让她给我们唱支歌!”

望雪刚从寒山手里接过衣服，舒童就一把又抓了过去。

“对，唱个歌，要不不给！”秋生也在一边撺掇。

“俺唱得不好，你快给俺吧，俺到时候请你们吃蜂蜜还不行吗！”红晕又重新爬到了刚恢复平静的望雪脸上。

“不管好不好，都要唱一个，我们不笑话你！”寒山也坚定地鼓励望雪。

“那好吧，不许笑话人啊！”望雪扭转头，不再面对三个男孩，而是微微地扬起了头，面向两侧青翠的山峦。

“在那密林的深处，有一座大山，大山里的红豆果，酸酸甜甜。在那密林的深处，轻轻的小溪边，采一捧红豆果，露出笑脸……”

一串清脆的歌声从望雪的口里缓急有致地传出。

“好，鼓掌！”寒山带头拍起了巴掌，慢慢地，三个人的掌声统一成了一个节拍。

“梦中的红豆果，酸酸甜甜，大山中的小姑娘，她时隐时现，野生的红豆果，散散漫漫，大山中的小姑娘，她越走越远……”

随着歌声的临近尾声，寒山三个人不自觉地停止了喧哗和节拍，空空的山谷里只有望雪悦耳的歌声和轻轻叮咚的小溪流水声。

“呀，唱得太好了，以后要给我们当老师啊！”等歌声的尾音颤颤地消失在山谷里，寒山禁不住真诚地赞道。

“就是就是，唱得太好了，要是再配上寒山的口琴伴奏，那简直就是专业水平了！”舒童也由衷地赞叹。

“俺是唱着玩儿的，不要吓着你们就好！走吧，去我家的蜂场看看。”望雪羞羞地一笑，伸手接过了舒童手里的衣服，在前面领着顺小溪向上游走去。

走出去不远，三个人帮望雪用洗脸盆端着洗好的一堆衣服继续向前面走去。

“小雪，你今年多大了？不上学吗？”寒山边用脚撩着倒地的植物，在问话的时候不小心一趔趄，惊得望雪快速地腾出手来搀了一下，见寒山没碍，又快速地收回了手。

“我们那里春节发生了地震，学校的房子大部分震塌了，公社里让休学一年。俺才上高一呢，十六岁。你们呢？”

“我叫寒山，这是舒童，这是秋生，我们都是下面那个村庄叫夹谷台的，上高三，都是你的师兄呢。一会儿你跟我们摸旱鱼去吧！”

“行啊。那以后我也要喊你们老师了啊，正好给我补补课。什么是摸旱鱼啊？”

“到时候你就明白了！”

说话之间，前面右边一片平展的山坳里出现了一间用树枝和荒草搭起的窝棚。一只黄毛狗仰头汪汪叫着冲了过来。

“贝贝，过来，别叫了！”望雪冲黄毛狗喊了一嗓子，小狗很顺从地退回到了望雪身边，讨好地用头蹭着望雪的裤腿。

“爹爹，这是寒山，这是舒童，这是秋生，我洗衣服的时候让水冲走了衣服，是他们帮我捡上来的。他们是山下夹谷台村的，上高三。”

望雪的爹爹一身蓝黑色农民打扮，头上戴着用纱网罩的帽子，正在用一把刷子轻轻地扫着一格满是嗡嗡叫的蜜蜂的木板。

“大叔，你好，你这是在干什么呀?”寒山把端着的脸盆放在窝棚的门前，望雪一件一件地搭到了旁边或斜伸或直立的树枝上，小树立刻变成了形态各异的稻草人。

“我这是在检查蜜蜂的情况，也顺便把死去的扫出来。你们不要靠得太近，小心蜇着!”

“呀，养了这么多蜜蜂啊。你们怎么过来的呀?”

“前几天夜里雇拖拉机送来的，这里的花好，质量好，产蜜多，品种也全。”

“为什么夜里来呢?”

“因为只有夜里蜜蜂才回窝，才不至于运到这里的时候有掉队的，蜂王走了，它们不跟着就找不到家了，别的蜂群也不会接受它们，会咬死它们的。”

“喔，是这样啊，那我们去看看你的蜜蜂吧!”

“好的，不过不要太近了，也不要乱动它们，小心蜇伤啊。蜜蜂你不惹它们，它们是不会蜇你的，只有感受到了威胁才会，一定小心啊!”

这时望雪晾完了衣服，又挽起了袖口，过来引着他们来到前面的蜂箱旁。

在小溪的右侧平地上，上下两层摞了几十只蜂箱，无数的蜜蜂嗡嗡嗡唱着在蜂箱里频繁地进出，显得十分忙碌。

窝棚的后面，用树枝搁了一个挡雨的小棚子，里面垫着一块黑色厚塑料布，下面是用石块垒的一个炉灶和石板支起的一个放锅碗的灶台。灶台外面一个罐头瓶子里种了一棵形状匀称舒展的墨兰，绽开的花蕾泛着露水的光。在窝棚挨近的山崖下面一片石隙里，堆满了码好的枯柴。

看完了蜂箱，寒山几个又随望雪返回到窝棚跟前，看望雪的爹爹侍弄蜜蜂。

“小雪，你也会干这些吗?”寒山问道。

“当然能了，这些都不难，包括采蜜，取蜂王浆，割蜂蜡，收蜂胶，我都会干，就是蜂王侍弄不了!”望雪调皮地一歪头。

“养蜂王是关键，所有的蜜蜂都跟蜂王走，蜂王的寿命有两三年，工蜂寿命也就两三个月，蜂王负责生育，所以蜂群的数量和质量就全靠它了，不是个简单活。每年培育的蜂王直接决定来年蜂蜜的产量呢，不好伺候!”望雪的爹爹并不停下手里的活，麻利地放下一格又提出另一格。

“这里的蜜源好，品种也多，有酸枣蜜、槐花蜜、苜蓿蜜、菊花蜜、兰花蜜，最好的还是荆杨蜜，对身体最好了。”

“大叔，山里面有好多野蜂呢，它们采蜜行不行啊?”舒童突然想起山谷里树枝上的一群群野蜂来。

“当然行了，野蜂采的蜜质量是最好的，产量也高。它们耐力强，能飞到很高很远的地方采蜜，一般山顶上的野花蜜它们也能采来。有成窝的吗?”望雪的爹爹很感兴趣地问道。

“有，我们看到过好多窝，都有上百只野蜂在围着呢!我们还曾经捅过一个，让野蜂蜇得到处乱跑，你看，我这里还有个蜂蜇的疤呢!”寒山用手指了指自己的前额。

“多亏我们跑得快，又趴到了地上，用衣服盖住了头，要不就麻烦了。那些野蜂蜇人可厉害了。大叔，如果能行，改天我们带你去捉几窝回来养着。”

“好啊，等我准备好，跟你们去收几窝。但是你们可要带好蒙头的东西，野蜂惹急了可了不得啊！”

“行啊，下星期吧，反正每个星期天我们几乎都来。小雪，你跟我们摸旱鱼去吧！”寒山提议道。

“爹爹，我跟他们去玩一会儿，行吗？”望雪懂事地朝向爹爹。

“去吧，早点回来啊！如果方便，捎着捡点柴火回来。”望雪的爹爹嘱咐道。

“知道了！”望雪兴奋地扬起了笑脸。

2

雁门峪的深处，淙淙的溪水穿行在乍绿的草丛和竞相绽放的各色花中。下午的阳光从两边高耸的山峦上斜洒过来，便有细碎的跳跳荡荡的光晕在溪流中时隐时现。有鱼儿不时地轻轻跃起，溅起一朵朵稍纵即逝的浪花。

越往上走，在山谷的一段急坡处，水流被地势隔成了一个平平的水潭。小溪经过了水潭的缓冲，水势显得更是丰满。随着下面山势的突然下降，小溪随即被分割成了六七条独立的水流，灯笼似的分别而下，直到很远的地方又三三两两地汇集到一起。

寒山几个和望雪说说笑笑地从下面走上来，每人手里都抱了一抱带着泥土的草墩，黄毛狗贝贝兴奋地一会儿冲到前面，一会儿又独自落在后面，在草里不停地嗅寻着什么。

水潭的左上方，是一片直立陡峭的崖壁。扶疏的荆杨枝条绽绿地披满了山崖，刚抽芽的酸枣树上缀满了米粒般的花蕾，野菊花小猫耳朵般的枝叶也在春天的气息中暗香涌动。

山崖的下面，直愣愣地凹进去一个山洞，大概一间屋那么大，在山谷和小溪的旁边，像一个舒适又温馨的驿站。

放下手里的一把把草墩，寒山快速地走进山洞，双手提了一个长约两米的细密的竹笼。

“小雪，你先等一下，我们先把竹笼下好。”寒山招呼舒童和秋生。

三个人携手提着竹笼走到小溪即将分流的那一端，然后将竹笼左右地横拦在小溪的中端，两边用石头固定好，就见不时有小鱼虾扑棱棱地进到里面，泛起一朵朵白白的浪花。

“来，小雪，咱们一块摸旱鱼，你跟我们一起来!”

寒山、舒童、秋生分别弯下腰，抱起堆放在地上的草墩，一块块垒墙似的全部集中在了一条支流的上游。眼见得小支流的水越来越少，越来越小，直到最后支流经过的地方成了一片干涸，突然增加的旁边的支流因为改道却显得水流丰盈且急迫了起来。

“好了，小雪，拿书包，准备捡鱼!”

这时原来支流经过的地方，由于突然离了水的缘故，蹦蹦地跳出了一条条大大小小的鱼，在还没干透的河床上挣扎。

贝贝见干了的河床上突然蹦起了这么多的活物，汪汪地叫着，猛地扑了上去就按住了一条挣扎得最厉害的鲫鱼。

“贝贝，让开，到一边吃去!”望雪过去拍拍贝贝的头，贝贝听话地叼着鱼踅到了河边的草丛里，手脚并用地撕扯起来。

四个人忙不迭地捡起一条条蹦跳的鲫鱼、鲶鱼，更多的是一拃来长的小白条，掀起的石头下面，还捡上了许多的小河蟹和通体透明的长长须子的河虾。

不一会儿的工夫，望雪手里的帆布书包就湿漉漉地满了起来。

“呀，真多!”兴奋的表情溢满了望雪的脸庞。

“好了，下一条!”眼见着断水的支流已向下走到头，寒山和舒童、秋生又返身回到上游。

几个人将已被水冲得有些稀疏的草墩移到旁边紧挨着的支流上，原来断水的支流又重新流水淙淙。再加上几个新的满是泥根的草墩，新的支流也很快断了水源。

蹦蹦跳跳的鱼虾又生动地显现出来。

不到一个时辰，几条支流分别断流过，各种鱼虾已经装满了望雪手中的两个帆布书包。

“呀，真叫摸旱鱼啊，我这是第一次见呢，这方法太好了!”望雪满是羡慕和惊喜。

“好了，把水放开，收笼。”寒山骄傲地歪头朝向望雪，右手一挥。

几个人快速地把最后一条支流上面的草墩向旁边一挪，小溪又恢复了原来灯笼状的模样，分别叮叮咚咚地滑向了远方，然后在下面又汇集成一条小溪，水流浩浩荡荡地奔向下面的山谷。

三个人挽了挽有些滑下去的裤脚。寒山和舒童分别移开了压在竹笼两侧的石头。秋生加一把手一块儿把笼子提离水面，挪到旁边的草地上。

离了水的竹笼里面啪啪啪地响起鱼儿急促的挣扎声，闪闪的鳞光在午后的山谷里闪来耀去。

寒山熟练地把竹笼的中间解开一个丝扣，几个人伸手进去抓起了一条条活蹦乱跳的小白条。一会儿的工夫就装满了望雪和秋生撑开的另一只书包。

“好了，今天收获不小，咱们进寒石屋吧！”几个人都很兴奋。

舒童和秋生把竹笼扎好口，几个人有提书包的有抬竹笼的走进山洞。

“这就是我们的寒石屋！”寒山颇有些骄傲地郑重向望雪介绍，“也是我们的活动营地。”

山洞的里面大约有一人多高，顶棚斜斜地向上，到了最里面则显得更高一些。山洞的底部很平，是一块完整的青石，条条棱纹镶嵌在大石中间。

石洞靠近门口的左侧，用石头垒成了一个三面环绕的灶台，四周围坐了几块石凳。

“好，咱们分工，我和小雪负责掏脏和洗鱼，你们两个负责再去捡一部分干柴进来，顺便弄些引火的萱草。”寒山和舒童把竹笼在山洞的里面安放好，然后从里面右边的一个缝隙处抽出两把锯条做的小刀来。

舒童和秋生脚步麻利地分别顺山谷向上走，寒山和望雪则重新来到小溪边。

寒山熟练地把一条条鱼的腹部剖开，掏出里面的内脏，然后顺手在水里一冲，将洗好的鱼又重新放在冲洗后腾出的书包里。一会儿的工夫，望雪也能熟练自如地洗鱼了。

眼见舒童和秋生一人抱了一怀干柴回来，寒山和望雪的鱼也基本清理完毕，几个人又一块儿走进山洞。

“这一书包是咱们送小雪的见面礼，留一书包咱们带回去，另一包今天吃掉！”寒山很权威地安排。

“就是就是，多给小雪点也行！”舒童和秋生应和道，也是非常兴奋和骄傲地看着望雪。

松松的萱草很快被舒童从石缝中拿出的火柴点着，又很快引着了原来石洞里堆积的折成一拃长的干柴。秋生从石洞里拿出了一张用铁丝编得平平的横横竖竖的网，搁在噼啪作响的熊熊燃烧的干柴上。

寒山和望雪把抹了盐的鱼虾横七竖八地码在上面，不一会儿，山洞里就弥漫起了浓浓的鲜香味。

寒山把烤得焦黄的一条鲫鱼递给望雪，几个人也一人拿了一条烤好的鱼或虾，咝咝地用嘴吹着吃。

“味道怎么样，好吃吧？”寒山把吃出来的一块小鱼刺放进火里，里面就开始嗞啦嗞啦地响起来。大块的鱼刺扔给趴在火边的贝贝，贝贝高兴地叼到旁边，吃完了又过来半蹲守着。

“太好吃了，从来没吃过这么好吃的鱼呢！”望雪一只手往嘴里送鱼，另一只手顺势往里推了推快要烧尽的干橛树枝。啪的一声脆响，树枝的尾部冒出一股清香的青烟，瞬间消失在山洞里。

“等夏天了，咱们去山里拾蘑菇，用蓖麻叶包了加上蒜烧着吃，去堰上捉蚂蚱、刀螂烤着吃，秋天的时候去我们的庄稼地里拔一抱豆子，掰几个棒子，挖几块地瓜，一块儿放火里烧着吃，那才叫过瘾呢！”寒山边吃边饶有兴致地介绍。

“哎，听说过吗？雁门峪的河里曾经发现过孔雀石呢！知道吧，孔雀石是一种稀有的绿色宝石。我考大家一个问题，孔雀石的成分和化学式谁知道？”寒山转头四顾。

“它的成分是碱式碳酸铜，两个铜离子两个氢氧根，三个酸根，咱们化学的选修里面介绍过。”见无人作答，寒山很专业地介绍，“小雪，什么时候我给你寻一块？”

“好啊，那我可就发财了，我们家就不用养蜂了。你可要说到做到啊！”望雪也很兴奋地打趣。

“到了冬天，我们可以凿冰捕鱼，用石头把厚厚的冰块砸碎，下面浅浅的水里挤满了鱼，用舀子往外舀就行，我们经常一桶一桶地往家挑。”舒童也不失时机地渲染气氛。

“最刺激的是捉青咬，青咬你听说过吗？”秋生也不甘落后。

“没有，不知道青咬是什么！”望雪疑惑地望着秋生。

“青咬是一种专门糟蹋庄稼的类似于獾的动物，平时很难捉住。但是到了冬天，它们常常躲在洞里冬眠，它们的洞很大很深，往往一大家人都在一块住。我们找到它的洞后直接钻进去，用棍子一个个敲死，都在睡觉呢。只留下准备生育的母青咬，什么东西也不能全部灭绝掉，这是规矩。然后剥了皮切好了烤着吃，比这不知好吃多少呢！等冬天你如果来我们带你去捉。”

“俺可不敢！”望雪的眼里有惊恐又有敬佩，也隐隐地现出期待的眼神。

“对了，到了每周一歌的时间了吧！”寒山好像突然想起，抓紧提醒道。

“嗯，对了，应该到时间了。”舒童从口袋里掏出一个巴掌大的收音机，啪地拧开开关，调好频率，悦耳的歌声在寒石屋小小的空间里响起。

“清晨，我来到海滩，见一位少女，遥望天边，我问她，在等待什么？她望着我，默默无言。黄昏，我来到海滩，见那位少女，流连忘返，我问她，在等待什么，她遥望着点点白帆……”

3

随着天气的逐渐转暖，几周过去，望雪和寒山几个已经很熟了。

初夏的一个周末，雁门峪还沉睡在一片薄薄的雾岚中，寒山和舒童、秋生就来到了望雪家的养蜂窝棚。

望雪正在从小溪里用瓢舀水浇刚挪来窝棚门口的两棵红彤彤的野百合。火红花朵上的露珠在微微的晨风中摇曳着七色的光影。贝贝则在水边偏着身子用爪子和河里的鱼斗来斗去，直到斗得恼羞成怒。

“你们准备好了吗？咱们现在就出发吧！”寒山穿了一件天蓝色的棉半袖衬衫，汗衫上的几抹兰草叶绿绿地与地上的野百合交相辉映。

“这是去年收下的老丝瓜，用里面的瓤刷碗格外方便，去油污效果很好，送你一个用！”寒山递给望雪一个已干枯了色彩的很大的灰色丝瓜。望雪爹爹也从搭好的窝棚里吸着烟出来。

“大叔，咱们走吧，东西都准备好了吗？”舒童显得有些迫不及待。

“基本准备好了，咱这就走。”望雪爹爹把还剩一截的旱烟在地上弯腰按死，剩下的顺手塞到一个窝棚的缝里。

“小雪，你去和他们拿上遮蜂衣和网袋，扫出几块蜂王板来带上，我处理一下腿咱们就走。”望雪的爹爹吩咐道。

“好的，跟我来。”望雪领着寒山三个进到窝棚里，把准备好的东西一样样地收拾好拿出。望雪拿了一套遮蜂衣戴在头上，很像一位古代王室里的郡主，美丽而又俏皮。

望雪熟练地掀开一箱蜂箱，轻手轻脚地抽出一格蜂王板，上面缀满了嗡嗡扇翅的蜜蜂，望雪用一把细细的竹毛刷子小心翼翼地把那些趴在上面的蜜蜂扫开，只剩下吸附了黏稠汁液的蜂王板。

看着在群蜂飞舞中熟练忙活的望雪，寒山三个远远地站着不敢靠近。一直等到她把几块蜂王板装到了一个密封的麻袋里，才走过来接过去。

“走吧，爹爹，我们已经收拾好了！”

窝棚的门口，望雪爹爹坐在一块造型很独特的树墩上，左手掀起裤腿，露出里面的膝盖，右手正用中间劈开夹上一块小木棍绑上竹筷子做成的镊子夹着一只扇动着翅膀的蜜蜂往膝盖上放，蜜蜂一触到膝盖，立刻蜷曲了身子将蜂刺狠狠地叮进了望雪爹爹的腿里，望雪爹爹微微地蹙了一下眉头。

“你这是干什么呀，蜇得多疼？”寒山几个惊恐地张大了嘴，想过去阻拦。

“我年轻的时候犯下了关节炎，膝盖一直疼，用蜂刺蜇它对消炎有很大的帮助，这几年已经好多了！”看蜂刺已经全部蜇进去，望雪的爹爹用镊子顺手一拔，那刺带着蜜蜂的肠子就留在了腿上，少了半截尾巴的蜜蜂嗡嗡叫着被望雪爹爹随手甩了出去，掉在旁边的草丛中一会儿就没了挣扎。

“好了，走吧！”望雪爹爹把残留在膝盖上的秽物清理干净，放下挽着的裤腿站了起来。

寒山带头顺着小溪向上走去。过了寒石屋，到了很深的山谷里一片陡陡的崖壁前。贝贝温顺地跟在队伍的最后面，伸着大舌头呼呼地喘着粗气。

郁郁葱葱的植物把高高的石壁点缀得如锦缎一般。扶疏的枝叶中间杂了一树树的酸枣，碎碎地开满了米黄色的小花。翩来舞去的各色的彩蝶时时地叮在野菊花细碎的锯齿状的绿叶上，空气中好像溢满了迷蒙的香气。

寒山用脚挑开斜伸出的一丛丛绿草，露出时隐时现的一看就很少有人走过的小路来，顺手麻利地折了一根荆杨条，很潇洒地在身前舞来舞去，就像一个打着鼓点的酣然起舞的动作演员。

走在后面的望雪很难察觉地笑了笑，一分神，差点儿踩了前面寒山的脚。

“你们先走一会儿，我有点事。”寒山忽然向旁边的草里一靠，停下了脚步。

“你要干什么，我们等着你！”舒童露出了坏坏的笑。

“你瞎操什么心，不用等我，你们先走，我一会儿就追上。”寒山有些愠怒地推了舒童一把。

望雪好像明白了什么，于是快快地走在了前面。后面不一会儿就响起了一阵急促的雨打野草的哗哗声。

没走多远，望雪突然就找不着了一直藏在草下的路，只好又左右踩了几次，试着回转几步，也用脚尖挑起调皮伸展过来握手的草丛，才又回到了那条瘦瘦的小路上来。

“呀!”望雪身子猛地往回一折，两手快速地捂住了脸，惊恐地大叫一声。

“怎么了?”望雪爹爹和舒童他们急速赶到前面，紧张又关切地问道。

原来是挂在两边树上的一张蜘蛛网不偏不倚地罩在了望雪的脸上，黏黏地缠了一头，缠到扎起的手绢上，像头上挽了纂。一只褐黄色的大蜘蛛还在断了的蛛网上颤来颤去。

等望雪爹爹和舒童、秋生帮着把头上的蜘蛛网清理干净，望雪才恍然明白寒山舞弄荆杨枝的真实用意是为了戳蜘蛛网，自己也不好意思地折了一枝，轻盈优美地在身前舞了起来。

前面的一丛酸枣树的方向传出了吱吱吱的清脆的蝈蝈叫声，这时寒山也大步流星地赶了上来。

“你们等着，我去把它捉来!”寒山兴奋又自信地喊道。

望雪爹爹坐在小路边的一块石头上擦汗，几个人一块儿跟了寒山过去。

离传出叫声的地方还有几步远，叫声突然断了弦似的戛然而止。

寒山用食指做了个嘘声的动作，然后轻手轻脚地走到发出声音的地方，歪着头上上下下前后左右地盯着看。

贝贝看寒山的动作神秘又隐蔽，以为有什么情况，也警惕地跳过来竖起了耳朵。望雪一看赶紧过去抱着贝贝的头把它拉开了草丛。

“在那，找到了！”寒山轻轻地蹲下身子，左手抓住酸枣树的一根粗枝让它不至于来回乱晃，右手掌照一个地方迅捷地一拨，就见一样东西如急速落石般噗地掉进了旁边的草丛里。

寒山把手里的酸枣枝一放，一个人猛地扑过去，右手罩成一个窝形快速地一扑，然后两手在草里窸窸窣窣地忙活一会儿，站起来的时候手里就有了一只浑身翠绿透明的婴儿般可爱的蝈蝈。

“快点，弄个笼子！”寒山很有经验的样子，也没有看出特别的惊喜和骄傲。

舒童和秋生揪了几根茅草叶，手指灵巧地很快编成了一个小巧玲珑的蝈蝈笼，翠绿的蝈蝈也很快被放进那个四面透气蛤蟆形状的笼子里。

望雪的脸上露出了钦佩又羡慕的笑容。

“抽时间我教你们一种捉蝈蝈的办法。”一直看着的望雪爹爹不紧不慢地说道。

“根据叫声定好位，用树枝在前面蘸上蜜，放在蝈蝈叫声的地方，放好后走开，过一段时间去把杆子轻轻取回，贪吃蜜的蝈蝈就沾在了树枝上。哈哈，那种办法简单，还不至于扎手。”

“走吧，咱们走吧！”望雪爹爹两手扶着膝盖站起来。

爬上一个小山坡，几个人来到了一片草木葳蕤的小山坳，那里有几棵挺拔的榉树，直直的树干上面，斜伸了一枝枝树杈，有些都已经触到了旁边的崖壁。一片嗡嗡的声音从上面铺天盖地传出来。

“这上面就是一窝野蜂。我们经常来这里玩儿，发现了好多窝野蜂呢！”寒山用手臂揩了揩额头上的汗水，顺手把耷拉下的头发向上抹了一把，恢复了齐整的发型。

“好，谁负责上树？把这防蜂帽和手套戴好，一定要注意安全，野蜂蜇着了可不是好玩儿的，几只野蜂就能蜇死人呢！”望雪爹爹细细地嘱咐。

“上去之后找到那个离蜂窝很近的树杈，把这蜂王板固定好，用镊子轻轻地把那蜂窝里面最大的那只小心地夹到蜂王板上，那就是蜂王了，小心不要夹死了，要把它放到蜂蜜和白糖最厚的地方，然后就下来！”

寒山接过望雪递来的防蜂帽戴好，戴上手套，望雪用几根小细绳把寒山的袖口和裤脚扎好，望雪爹爹又仔细地挨个抻了一遍，又围寒山四周打量了一圈，确信没有问题，便点了点头。几个人走到离榉树远一些的地方。

寒山耸了耸肩，两手环绕着把住树干，脚尖点地身子后撤，猛地向上一蹿，两脚也顺势钳子般环住了树干，然后借着力拧螺丝一样围着树干旋转起来，用不了多少圈，寒山就身手敏捷地抓住了顶部分叉的树枝，只轻轻向上一跃，整个人就借力跨到了树杈上。几十只野蜂在寒山周围的树隙里绕来绕去。

选好了位置，寒山脚蹬着下面的树磴，斜靠在一根粗壮的树枝上，腾出手来解下挂在腰间的蜂王板，搁在一个正好三面都有树枝的树杈口固定好，又从口袋里掏出镊子，小心翼翼地靠近那团密密的蜂窝。蜂窝有向日葵那么大，上面聚满了大个头的野蜂，嗡嗡嗡的声浪好似一个巨大的生产车间。

寒山仔细地找到那只趴在中间的个头大的像蝉一样的蜂

王，用镊子轻轻地夹住腰部，挪到搁好的蜂王板中间，厚密的糖浆和蜂蜜一下子就把野蜂王吸引住了，叮在上面扇动着翅膀嘤嘤嗡嗡欢个不停。

这一切收拾妥当，寒山便三下两下手脚利索地从树上滑下来。

“好了，咱们先休息一会儿，过一段时间就可以收了！”望雪爹爹很有把握地说道。

“好吧，我们先去捉蚂蚱。大叔，你到时候叫俺。”感受到肯定和表扬的寒山也很兴奋。

望雪爹爹点上了一根旱烟，独自坐在一块石头上，几个孩子四散开去。贝贝则高兴地蹦蹦跳跳地在几个人左右不停地出现。

大约过了一个时辰的光景，望雪爹爹把他们喊了回来。几个人手里已多了好几串用茅草串好的蚂蚱。

“可以上去了，上去之后用这个麻袋把蜂王板和聚在上面的野蜂一块儿罩住，扎住口，用绳子送下来就行。”望雪爹爹交代寒山。

寒山手脚麻利地再次全副武装，爬到树上，在混杂的蝉声和嗡嗡声里用麻袋装好那群野蜂，再用细绳拴住口慢慢送下来，还有几只散落在了原来的老巢那里。

又走了几个地方，舒童和秋生也分别用同样的办法各收了一窝。天已是下午，一帮人满载收获都不空手地往回赶。寒山还高兴地吹起了口哨，悠扬的哨声在山谷间回荡。

回到望雪家的养蜂棚，几个人帮着把收来的野蜂装进蜂箱。“我们回去吧！”看收拾完毕，寒山招呼另外两个。

“不行，不行，怎么也要吃完饭再走，今天辛苦你们了！”望雪爹爹挡住他们的去路，执意挽留。

“就是就是，吃了饭再走吗！”望雪快速地从窝棚里跑出来，手里正择着一把野韭菜花。“怎么也要吃个饭，快进来，你们帮我干活！”

看望雪父女的表情坚定，寒山几个也停下了脚步，分别找着活路忙活起来。

这一顿饭吃得很好，有野韭菜炒山鸡蛋，有香酥的煎蚂蚱，有野葱蘸蜂蜜，有麻汁拌马扎菜，还有一盆刚采的野蘑菇做的鸡蛋汤。

4

一个中午，寒山正在家给一张掉了头的镢头上楔子，忽然见望雪一个人带着贝贝进了家门。贝贝一见到寒山，也很亲热地靠了过来。

“呀，你怎么来了？怎么找到我家的？”寒山很是惊喜，忙不迭地把拾掇的家什放到一边，一边掸着身上的土站了起来。

“鼻子底下不是有嘴吗！我打听着就找来了。夹谷台离山谷也不远啊！”望雪俏皮地一笑，“村子不算大啊，我一问就找到你家了！”

“就是不大，也就几百户人家。来来，快去屋里坐坐吧，你看家里乱的！”

正说着话，一个女孩从西边的屋里开门出来。

“这是我妹妹，这是望雪，在雁门峪养蜂的那个。”寒山给两个人介绍。

“噢，你好！你们吃饭了吗？不去屋里了。”望雪边跟寒山的妹妹打招呼边问。

“刚吃完了，怎么你没吃？没吃就来我家吃点，就是没有好东西啊！”寒山热情地邀请望雪。

“我也吃过了，我是来找你们帮忙的！”

“什么事情啊，你尽管说就是！”

“今年夏天花多，蜜蜂采的蜜也多，我和爹爹不停地摇也摇不过来，蜂箱里蜂板上攒了好多的蜜，由于空间狭小，惹恼了蜂王，好多蜂王就领着蜂群‘起义’了，一起逃到附近的树上重新筑巢，我爹想让你们帮着给收回来呢，已经跑了好几窝了！”望雪苦笑着给俩人介绍。

“好，没问题，你先在家里坐会儿，你们说会儿话，我去找舒童和秋生。”

寒山的妹妹递给望雪一个玉米皮做的蒲团，寒山匆匆地走了出去。贝贝乖乖地趴在了望雪的脚旁不停地歪着头。

不一会儿的时间，就听大门咯吱一声，寒山快步地走了进来。

“舒童和秋生都去地里锄草去了。走吧，我去帮你们收！小花，你和咱娘说一声我去帮忙收完了蜜蜂就回来！”寒山叮嘱妹妹。

“那好，我们先走了，你抽时间也去那里玩儿啊！”望雪跟寒山的妹妹道完别，和寒山一块儿走出家门。

“怎么会跑了呢？”走出村头，顺着一条小路很快地就进到了山谷，两边的庄稼绿油油地散发着热乎乎的香气。两人边走边说着话。

“夏天的花开得旺盛，工蜂一点也不偷懒，勤快地不停往蜂箱里搬蜜，我和爹爹清晨早早起来摇都摇不过来，累得都腰疼。但是蜂王不管这些，蜂蜜满了，碍它行动了，它一生气就领着蜂群跑了！”

“是吗，这东西脾气还很大呢，也会报复人呀！”寒山哈哈笑道。

“就是。不过它们倒也跑不远，一般就是附近的高大茂密的树上。不过我爹爹还要摇蜜，腿脚也不好，我又爬不上去，所以才想起找你们来！”

“哦，是这样，找我们就行，我们是强项。抽时间我来帮你摇蜜！”

眼看快到小溪边的蜂场，贝贝性急地蹦跳着弓着身子先去报信了。

“寒山来了呀，今天要麻烦你了！”望雪爹爹正在不停地把蜂板一格格抽出来扫掉蜜蜂，放进一个摇蜜的桶里固定好，戴着防蜂帽满头大汗。

“你是先休息会儿还是现在就去？”看寒山过来，望雪爹爹并没有停下手里的活。

“这去就行！”寒山倒显得跃跃欲试。

“那好，小雪，你先来摇着。走，咱们过去。一会儿你把我的防蜂衣换上！”

“行，你告诉我怎么办就行！”

“不复杂，就跟上次收野蜂差不多，不过比那简单，你只管把蜂王收下来，因为离得近，大部分工蜂就很快能跟下来。”

“看到了没有？那就是跑掉的一窝。”两人走到河边的一棵大树旁，望雪爹爹向上一指。

高高的树顶上枝叶攒头很密的地方，嗡嗡嗡围了一群蜜蜂在不停地穿来穿去。

按照上次收野蜂的程序，寒山麻利地扎好衣裤，戴好手套和帽子，很快地就爬到了那棵树上，和上次不同的是，上树之后，寒山没有接着下来，而是按望雪爹爹的指导，等大部分工蜂都爬到了搁蜂板上，才收好放下来。

俩人配合得很默契，半个下午的时间就把“起义”的几箱蜜蜂收了回来。

“对了，收回来再跑了可怎么办啊？”寒山突然想起个问题。

“我也在想呢，往年也没遇到过这种情况，可能是今年花太好了的原因吧！”望雪爹爹盖好一箱的蜂板。

窝棚上挂着的蝈蝈吱吱地叫了起来。

“给蜂王弄个蝈蝈笼行吧？”寒山突然像得到了启示。

“对呀，这倒是个好办法！”望雪爹爹也恍然大悟，“咱们试着给蜂王编个小笼子，只要它跑不出来，工蜂又能喂它就行！”

“对呀，用细铁丝就行，也好编。”旁边的望雪也帮着想主意，“我去拿铁丝。”

寒山用望雪找出的一捆细铁丝，一会儿就麻利地编成了一个拇指大小的小笼子。

望雪爹爹轻轻地拉开一箱蜜蜂的蜂板，小心地用镊子夹住蜂王放进编好的笼子，又将笼口关好，固定在蜂王台上，嗡嗡叫的工蜂又不停地围满了蜂王。

“这是个好办法，这样就不愁它们起义了！”望雪爹爹非常高兴。

“你们休息一会儿吧！”寒山和望雪用剩下的铁丝把需要的笼子编完，望雪爹爹招呼他们。

“行，也不累！”寒山因为想出主意，所以干得很兴奋。

“爹爹，我们去寒石屋玩会儿吧，也顺便捡些柴火回来！”望雪向爹爹询问。

“行，可别太晚了，早点回来！”望雪爹爹嘱咐。

俩人脚步轻盈地顺小溪向上走去。

“寒石屋里还有秘密呢，你还不知道吧！”眼看前面就是寒石屋，寒山神秘地对望雪说。

“什么秘密啊？”望雪好奇地问。

“好，等进去我告诉你！”

石洞里的空气湿润而又清凉，走进来，说不清的神清气爽。

“这里有秘密通道！你看，这是什么？”寒山进到山洞最里面的犄角处，拉开一块好似连在一起的石头，里面露出了一个小抽屉样的搁台。

“呀，真够神秘的，还真有聚宝盆啊，一般人还真看不出来！”望雪惊叹地说道。

“呀，这么精致的口琴呀，这是哪来的？”

“可不许和我娘说呀，说了她心疼！这是我用攒的零花钱偷偷买的，怕她不同意呢，所以就一直放这里，来玩儿的时候悄悄地吹，就我们几个知道！”寒山很骄傲。

“那就给我吹支曲子吧！”

“好呀，只是不经常吹，吹得不好，你可不要笑话呀！”

“别谦虚了，俺都不会吹，怎么笑话你呀！”

“好，那就吹个《秋日的私语》吧！”

悠扬的琴声徐徐地在寒石屋响起，幽幽的颤音在洞间流动。望雪听得出了神。

“呀，你吹得太好了，也教教俺吧！”一曲吹罢，望雪由衷地赞叹。

“行啊，其实吹口琴也很简单，主要学会呼吸。你看，这儿吹是哆，吸是来，然后再吹是咪，再吸是发，只是啦和西都是同时吸气，主要掌握好呼吸的节奏就行了！”

望雪拿过去一试，果真就有了音节的初步味道，望雪很兴奋。

“教我支曲子吧!”练了一段简单的简谱之后，望雪不满足地要求道。

“行，就教你吹一首《送别》吧！你先听我吹一遍，然后教你记谱!”

低沉忧郁的琴音又舒缓地响起在静静的石洞里。

晚霞将一抹嫣红的光辉洒在雁门峪两边的山脊上，天色悄悄地暗了下来。

寒山和望雪恋恋不舍地从寒石屋走出来。俩人边走边把来时码好的柴火拢到一起，寒山找些荆条一捆，用根木棍挑起两捆干柴放在肩上。

“嗯？有小鸟叫?”刚走了几步，突然听到了柔弱的吱吱叫声，寒山用手扶住挑柴的棍子一歪头。

河畔边一棵翠绿的柳树顶上织了一个褐色的鸟窝，掩盖在绿绿的枝叶之间。两只小鸟伸着嫩黄的小嘴挤在一起唧唧叫着。

“是黄雀，我给你捉两只喂着吧，它叫起来可好听了!”寒山边说边放下挑着的木柴。

“好呀，那样我就不闷了，你可要小心!”

寒山后退一步，攒了攒劲，一个箭步迈过小溪，往手上吐了口唾沫，三下两下就攀到了树顶，小心翼翼地掏出两个摇头晃脑的小家伙，轻轻地装在口袋里，哧溜一下下了树。

“给，小心拿着，别太用力了，回去先找个盒子装起来，回头我给你扎个鸟笼。到时你喂它蚂蚱就行，很好养的!”

“好，到时我们家就有唱歌的了!”望雪爱恋地两手捧过两只抖索着挤在一块的小黄雀，轻轻地放在了刚解下的扎头的蓝手绢里。

晚霞已经落下山头，山谷里缭绕着迷蒙的光晕。静静的山谷偶尔响起几声轻轻的鸟鸣，嗖地一下掠过，慢慢消失在山林之中。

5

真正的夏天到了。

雁门峪成了一条鲜花满眼的山谷。

黄色、淡蓝、粉红的野菊花烂漫地绽放在溪边、沟头，蓝色的、墨绿的兰花骨朵上闪着晶莹的兰露，满山遍野的荆杨枝头缀满了一树树的淡蓝色花蕾。蜜蜂和蝴蝶在花间翩来飞去，蝈蝈和蛐蛐的叫声在山谷里此起彼伏。雁门峪盈满了各种花草和阳光融合在一起的透明的香味。

下午的阳光正慢慢回收它的炽热火焰，如同突然懂事的孩子，温顺而又轻柔地将光影洒泼在山间树隙。

望雪刚刚帮爹爹摇完了一桶桶的蜜，正在细汗淋漓地往棚里收置蜜桶，却见寒山背着书包与挥舞树枝的舒童、秋生脚步轻盈地飞奔进了雁门峪。

“怎么这么多天不见你们来啊?”望雪掩饰不住内心的兴奋和激动，也有些微微的责怪，说完后自觉不好意思，脸上禁不住微微地一红。棚上挂着的蝈蝈的叫声不绝于耳。

“前一段时间忙着高考预选，光顾复习功课了，学校一共选五个，结果我和秋生还是没有选上，寒山选上了，我们算是轻松了，哈哈。过一段时间就要正式高考了，再不来几次，夏天就没时间来了！”舒童抢着介绍。

“哎，你有时间吗？一起去寒石屋吧，好长时间没去那里看看了，我们晚上去摸知了猴！”寒山没接舒童的话茬。

“你们先去吧，我还要帮爹爹摇完剩下的蜜。夏天的花开得盛，蜜蜂也勤快，尤其是你们给收的野蜂，不停地采来采去，不抓紧摇就盛不下了。今天早起摇了大半天了，快要把我给累死了！”望雪有些不好意思。

“那我们帮你吧！”寒山显得很热情。

“不了，你们没干过，还要现学，也快摇完了。你们先去，我过会儿和爹爹忙完了去找你们。”

“好吧，那你可快点啊，我们在寒石屋等你！”

寒山三个说完就不歇脚地继续顺小溪往上走。

好久没人来过，原来踩出的小路又被茂盛的草木遮盖了起来。

寒山用脚快速地把掩藏的小路挑起，几个人又熟练地把看到的枯枝顺手捡起码成一堆放到路边。

火红的太阳挂在雁门峪西边的那堵山脊上，金色的余晖洒落在山谷里，在小溪的映照下，寒石屋散发出梦幻而又圣洁的气息。

望雪带贝贝赶来的时候，舒童和秋生正围坐在石桌上，分别用蓝色的野菊花和紫色的野草莓代表两方下“四顶”棋，俩人还不时地响起争执声。

寒山一个人手里拿书站在山洞外面的崖壁下，轻声地读着课文。

“哎呀，大学生，这么认真啊，在背什么呢？”望雪调皮地一笑。

“哈哈，在背孔明老先生的《出师表》呢，临阵磨枪，不快也光。什么大学生呀，还不一定考上考不上呢！”寒山显得有些不好意思，但也很淡定。

“怎么样啊，晚上跟我们一块摸知了猴吧？”寒山收起手里的书本。

“不行，天黑了我就得回去，晚上我爹爹不让在外面。”

“是吗？那太遗憾了，在这山里这时候能摸好多好多的知了猴呢！另外，本来还想晚上带你去听山呢。”

“山是爬的，又不会说话，听怎么听啊，你别逗了！”望雪哧哧地笑。

“哈哈，你没有亲身经历过，给你说你也未必感受得出来。别看山是无声的，它也有它的世界呢，不过只有晚上才能听得懂，夜晚才是山的白天呢！”寒山认真地说道。

“你这好像在做诗呀！”望雪显然有些疑惑，也有些憧憬。

“真的，月亮就是它的灯光呢，大山晚上是会说话的。你只要用心听，就能听懂。大山高兴的时候，山里的松鼠和小白兔相约着去看电影，河里的青蛙与鱼虾蟹跳起了舞蹈，各种花儿也尽情地摇摆，把好闻的气息泼洒满山谷，连树木也会流下幸福激动的泪滴，那简直就是一场交响音乐会，即便是肖邦也弹奏不出那样的天籁之音来。而如果心情不好呢，则狂风乱舞，整个山野晃动，月亮灯也被它关掉，星星吓得不敢眨一下眼，野鸡和布谷鸟发出凄厉的尖叫，它在向人示威呢，那又是一首贝多芬的命运交响曲！”寒山很投入地给望雪动情地描述。

“呀，真想跟你去听听山啊，也去和山说说话！”望雪深深地被打动了。

“嗯，就是，有机会我一定带你听一听。山也有它的七情六欲和喜怒哀乐呀。晚上的大山就是一幅大自然的清明上河图。一山一世界，一谷一空灵呢！包括这条雁门峪，深不见底，也不知道通到哪里，我们都没有走到过头，内涵丰富着呢！”寒山的语气十分虔诚。

“那你抽时间一定带我去听山呀，到时我提前跟爹爹请假。”望雪满含期待的眼神。

“好吧，那就下次，等我考完试。可过期不候了啊！”寒山故意制造悬念。

“哎，你们两个别吵了，咱们和小雪一块儿去射箭吧！”寒山向在寒石屋里正争执不休的舒童和秋生喊道。

“噢，不下了，走喽！”看来是明显赚了便宜的秋生率先跑出来。

眼见着没了对手，舒童也气哼哼地追着秋生出来。

几个人顺着寒石屋的崖壁向前走去。舒童口袋里的收音机里正传出歌声：“天上有一轮月亮，月色皎洁令人神往，我和年轻的伙伴，一起把月色欣赏。那诗一般抒情的晚风，它轻轻地送来花香，望着一轮月亮，思念我的故乡……”

前面小溪边的一片茅草长得异常茂盛，浓浓的绿色像是要挤破的透明的颜料缸。

“咱们一人射五箭，按射得最远的一箭算，输了的回去把路边的柴火给小雪家背去。由小雪来当裁判。”寒山在地上摆上一块树枝作为起点线。

“剪子包袱锤，赢了的先射，输了的最后。”

三个人的头扎到一块，甩了几轮才分出名次。然后四散开分头去找自己中意的茅草。

绿绿的茅草有着宽宽的叶子，中间是坚硬的草梗，草梗两边是薄薄的叶片。顺草梗把叶片撕开一点，然后搁到左手叉开的中指和食指上，右手捏住分开的两片茅草叶，蹲好马步用力向下一拉，草梗就会像箭一样地直飞出去，叶片则留在手里。

比了几箭，三个人的成绩相差不大，大都射出四五米远，几乎分不出胜负，倒是舒童的成绩略微好些，所以他很骄傲，不停地握着拳头为自己加油。

望雪惊奇地观看着这样的比赛，自己也顺手拔了几根茅草在手里比画着试。

又轮到寒山射了。只见他找了一棵又长又厚叶子都略有发黄的茅草，两脚紧贴着起点的树枝，身子微微地前倾，腰部弓起，摆出一副挽弓射箭的姿势，攒足了力气，倒吸一口气，右手用力地向下一拉，左手顺势斜上方一弹，茅草梗嗖的一声如离弦的箭斜着飞起，在空中划了一条美丽的弧线，直直地落在了七八米远的地方。

一直不解地看着几个人的贝贝见一道绿光闪过，嗖的一下跳起扑了过去。

“贝贝，快回来！”望雪忙不迭地制止。

“呀，太厉害了！”望雪兴奋地拍起了手，然后跑过去用一支漂亮的野菊花竖在那作为标记。

游戏热热闹闹地持续了几刻钟，晚霞已红红地钻进了林梢。

“天快黑了，我该回去了。你们去摸知了猴吧!”眼看天色已晚，望雪还有些恋恋不舍。

“呀，你的衣服上哪儿来的血?”望雪突然指着寒山浸了血渍的棉衬衫。

“没事，可能是刚才划破了一点手。”寒山不以为然。

“拿来让我看看!”望雪不由分说地抓住了寒山的手。

寒山的食指处隐隐裂开了一道血口，鲜红的血还不停地慢慢渗出。寒山用右手一挤，啪的向下一甩，余下的鲜血在手指上留下了一条浅粉红色的线。

“拿来，我给你包起来，小心别感染了!”望雪从头上解下绑头的蓝色小手绢，麻利地给寒山扎到手上。天蓝色的手绢一会儿就渗出了红渍。

“那我先走了啊，摸的多了可别忘分给我一点啊!”望雪还不忘记调皮。

“寒山哥，别忘了，还要带我听山呢!”望雪说完这话，一个人领着贝贝恋恋不舍地向下走去，散开的头发在花格子衣服的肩头摇来晃去。

6

又过了几天，还没有到周末的一个上午，望雪正在草棚上的蝈蝈声里给蜜蜂清理蜂巢，贝贝汪的叫了一声，就见舒童忽然满头是汗地从谷下近乎跑地急步赶来。

“小雪，小雪!”还没到草棚跟前，舒童就迫不及待地喊了起来。

“怎么了，舒童？出什么事了吗？”望雪爹爹听到急促的喊声也走了出来。

“寒山的手指感染了，感染得很厉害，已经住院好几天了，一直不见好，快去看看吧！”舒童的话里透着焦急。

“是吗？在哪里住院啊？”望雪爹爹关切地问道。

“在公社医院，离这里大概有七八里路吧！”

“小雪，你快去和舒童一块儿看看寒山，什么情况回来再和我说！”

“带上这瓶荆杨蜜！”望雪手脚凌乱地放下手里的东西，刚要走，望雪爹爹又赶上来把一个盛满黄褐色蜂蜜的瓶子递到望雪手里。

贝贝见望雪要走，拔腿就跟着往前跑，被望雪爹爹喊了回来。

公社的医院并不大，病房里仅有的几张褪白了的床上却是住满了病人。寒山的病床在靠窗的地方，窗台上一个瓶子里插满了开得正艳的绚烂的野菊花。

秋生正坐在床边和寒山说话。

寒山斜斜地半躺半坐在床上，左手臂上挂着绷带，中指上缠满了厚厚的纱布，右手上挂着的吊瓶正慢慢滴着黄色的液体。

“小雪来了啊！这是我娘！这就是我说的在雁门峪养蜂的望雪，我们都叫她小雪。”寒山微微地欠了欠身子，将床边凳子上坐着的头发花白的妇人介绍给望雪。

“大娘好！怎么样啊，严重吗？说好让你注意别感染的！”望雪顾不上过多的礼貌，先着急地问道。

“没事，打几天针就好了!”寒山倒有些不以为然。

说话的当儿，值班的医生走了进来，径直来到寒山的病床前。

“你们想好了没有，你这感染非常严重，有扩散的迹象，处理不好有残疾甚至是生命危险，要想彻底治好，现在看来只有那种我和你们说的进口药，但是价格异常昂贵，从上面直接进至少也要一千块钱，你们抓紧拿主意，耽误了就来不及了!”医生的话很干脆，后面好多的专业术语，大家也没听进去。

“没那么严重，消消炎就好了，咱可花不起那个冤枉钱!”等医生刚一离开，寒山就轻描淡写地说道。

“唉，主要是咱也拿不起这些钱呀，把家卖了也不值呢，何况你妹妹还上着学!”忧愁也让寒山的母亲锁紧了眉头。

“我先回去了，你好好治疗，我改天再来看你!”临近中午，望雪与寒山他们告别。

“寒山的感染非常严重，曾经昏迷过几次，医生已经下最后通知了，如果不抓紧治疗，估计真会有截肢和生命危险的，你没看他的左胳膊，上面已经跳满了红线。可是农村家庭，也没有什么收入来源，家里也确实没有能力给他买这药啊!”出了病房，送出来的秋生告诉望雪。

“呀，这么严重呀，那该怎么办啊!”望雪听了急得头上沁出了细密的汗珠，眼眶也红了。

“怎么办？只能寄希望于奇迹了！寒山身体好，或许能抗过去呢！你快走吧，别让大叔在家里着急!”

第二天的上午，望雪心神不定地帮爹爹摇了半天蜜，中间还不小心洒了一些。看干活也没有多少心绪，望雪干脆和爹爹说道：“爹爹，我再去医院看看寒山哥吧，听秋生说病情很严重呢！”

“去吧，去吧，可早点回来啊，看咱家能帮上什么忙，你到时回来说！”望雪爹爹看望雪魂不守舍的样子，干脆说道。

望雪一路上碎步小跑往医院里赶，路上顺手采了几束盛开的野菊花拢在一块。

到了病房，望雪见舒童和秋生及寒山的娘正陪两个陌生人说话，便径直走到窗台前，把刚折来的野菊花插到瓶子里，病房里立马便弥漫出了一股清香的味道。

“小雪来了？这是我们学校的张校长和刘主任，这是小雪，在雁门峪养蜂的，也是学生。”寒山坐在病床上跟望雪打招呼。

“咱们出去说吧，你好好治疗啊。寒山，会有办法的，争取不要耽误考试啊！”张校长向望雪点了点头，便带头走出病房，几个人也跟着走到院外。寒山娘送到门口就被张校长劝了回去。

“你们看这样行不，咱们回去开个会，争取发动全校师生给寒山搞一次募捐活动。他毕竟是咱们学校的希望啊，就这样不治了，确实可惜了这孩子！”张校长看了看刘主任和几个孩子。

“我看行，到时把寒山的情况让学生们回家跟家长说说，自愿捐款，多少不限，时间就安排在后天中午，在学校操场就行。”刘主任也很赞同这个办法。

“那就这么定吧，舒童、秋生，你俩再找上几个同学到时候具体负责，也叫上寒山的娘到场，募捐后直接找医院联系。如果还不够，学校可以从经费里先挤一点出来！”张校长最后拍了板。

“那天我也去吧，看需要我干啥安排就行！”望雪也积极要求。

“好，就这么着吧，我们先回去开会，你们到时准备。”说完张校长就和刘主任推起墙边的自行车走了出去。

两天后的募捐现场很简单，学校的操场上摆了几张课桌，上面放了一个开了口的大纸箱，包着的红纸上写了“募捐”两个字。桌子后边站着张校长、刘主任和舒童、秋生、望雪以及寒山的娘。箱子的旁边放了一个打开的演草本和一支圆珠笔。

也没有什么仪式，看操场上三三两两地聚了不少学生和家长，张校长率先从人群中走出来，从口袋里掏出一张十块钱郑重地放进募捐箱。

“谢谢张校长！”寒山的娘两手捧住张校长的手，眼含热泪，“记个账吧，将来俺让寒山还你们！”

“大嫂，这是我们应该做的啊，不用还的，我们学校还要靠寒山争光呢，账就不记了！”张校长拍了拍寒山娘的手，走到一边站下。

随后的场面很感人，有学生捐上了皱的起毛的毛票，还有家长送来了鸡蛋和小米。一直到最后，桌子上的演草本除了原来写上的“募捐名单”四个字外，没有多出一个字。

“你们几个清点一下吧！”看时间也差不多了，张校长安排舒童他们。

“再稍等一会儿吧！”望雪局促地四处张望，鼻尖上沁出了细密的汗珠。

“来了，来了！”望雪一扭头，惊喜地喊了起来。

大家随望雪的目光一转眼，就见望雪的爹爹扛着一根扁担大步地向操场走来。

“赶了个集，来晚了！”望雪爹爹把扁担卸下肩，递给一边的望雪，右手从裤兜里掏出一个带黄渍的小手绢打开，把一张张卷得发皱的纸币展直，小心翼翼地放到纸箱里。

望雪强忍着把头扭过去，禁不住流下了泪水。寒山娘也是眼圈发红，不停表示感谢。

经过清点，现场共计募得六百三十七元八角五分，鸡蛋和小米若干。张校长将捋得整齐的纸币和一袋子硬币交到寒山娘手里：“大嫂，这是我们学校和村民对寒山的一片心意啊，希望他早日康复出院！”

“我该怎么感谢你们呢，我替寒山谢谢大家了，谢谢大家了！”寒山的娘眼含热泪，激动得不知说什么好。

7

执著的蝉鸣此起彼伏地在山谷里响起，雁门峪显得愈发宁静。

大半个忙碌的夏天过去，望雪家的蜜桶也是装满了一个又一个。

趁一天不是太忙的时候，望雪一个人来到了医院。

午后的医院格外安静，空气像倦极的婴儿在打着瞌睡。

寒山一个人躺在病床上打着吊瓶正在瞌睡，床头上散放着几本书。

望雪没有惊动他，静静地坐在床边看瓶子里的液体渗泉般地滴落。

“小雪来了？快吃个苹果吧！”寒山娘从病房外走进来，赶忙招呼。

“不吃了，大娘，我刚吃过饭。寒山哥的病情怎么样啊？”

“唉，还怎么样呢！刚用完那进口药几天，病情倒明显好转，胳膊也不大肿了，还强撑着去参加了高考，不过这几天又恶化了，医生说虽然没有生命危险了，但是胳膊的感染还是很厉害，估计还要截肢。唉，这个治法，怎么治得起啊！已经让大家伙子凑一次钱了，都挺困难的，哪闹得起这饥荒啊！”寒山的娘轻轻地叹气，怕让睡梦中的寒山听见。

“小雪来了呀，好长时间没见你了，蜂蜜摇得差不多了吧？”寒山忽然睁开了眼睛。“嗯，差不多了，今年收了好多的蜜呢！对了，你高考考得怎么样啊？”

“唉，彻底砸了，也没有好好复习，有两门没有做完，愧对大家啊！”寒山苦笑着说。

“你带病参加高考，很不容易呢。反正考完了，不去想那了，先好好治病，养好了咱们再去寒石屋！”

“嗯，谢谢你小雪，你们这么关心我，我一定会好起来的，我不会让大家失望的！”

说了一会儿话，看寒山也很疲倦，望雪就匆匆地离开了医院。

第二天的中午，望雪爹爹和望雪一块儿来到了医院，舒童和秋生以及寒山的娘和妹妹都在。

望雪爹爹拿来了一瓶蜂王浆。望雪的手里还提了一个纸盒子，用细绳扎着，里面传出一阵窸窸窣窣的嗡嗡声。

“你这是拿的什么？是蜜蜂？”秋生一脸的疑问。

“我捉了几只蜜蜂，给寒山哥试试吧，或许能治好寒山哥的病呢！”望雪的眼圈微微有些发红。

“那办法能行吗？我去叫医生问问！”舒童站起身就要走。

“不用问，能行，我知道肯定能行！”寒山昂起头制止舒童。

正好在场的护士听明来意后，还是出去把医生叫了进来。

“既然你们决定不再用那进口药，我们医院能用的药也都用完了。反正已经这样了，行不行就试试吧！”医生也很无奈。

舒童和秋生帮着把寒山的绷带解开，褪去汗衫袖子，露出肿得如水泡萝卜般的胳膊，暴起的青筋在红肿的胳膊上格外扎眼。

泪水哗哗地从望雪大大的眼睛中流出，继而控制不住地抽泣起来。

“哭什么，又不是多么大的事情，我很快就会好的，好了咱们一块儿再去雁门峪！”寒山轻描淡写地安慰道。

“用蜜蜂刺一蛰，什么都好了，比什么药都强。好了，不要哭了，快点儿来吧！”寒山鼓励望雪。

望雪强忍着抽泣，轻轻地解开纸盒，露出一个小口，一只蜜蜂扇动着翅膀钻出了头。

望雪右手从裤子口袋里摸出一个小镊子，小心地夹住蜜蜂。

“要不，我来吧！”看到望雪哭得可怜的样子，望雪爹爹心疼地说道。

“不，我来！寒山哥，你可要忍住疼啊！”哭腔依然很重地带在望雪的口里。

望雪左手轻轻地按住寒山的胳臂，右手将挣扎着的蜜蜂按在了寒山的手腕处。蜜蜂接触到东西，尾巴一下子就扎了进去。寒山微微蹙了一下眉头，闭上了眼睛，眼角溢出了大大的泪滴。

病房里鸦雀无声，医生、护士及所有的人都在定神地看着眼前的一切。

等顺着手腕向下扎到第五只蜜蜂，望雪的抽泣已是无法抑制。寒山的妹妹、舒童、秋生都已是泪水满脸。医生和护士也悄悄地扭转了身，病房的其他人也都不约而同地转过了头，不忍看这一幕，只让泪水溢出眼眶，打湿了胸膛。

少了刺针和断肠的蜜蜂在地面上嘤嘤嗡嗡地翻滚着挣扎，不一会儿也就没了动静。

8

又是周末。雁门峪沉寂在一片宁静之中。

下午时分，舒童和秋生心急火燎地跑到了望雪家的养蜂窝棚。

“坏了，寒山不见了！”一见到望雪和她爹爹，秋生顾不上和望雪爹爹打招呼。

“怎么回事，你快点说！”望雪递给秋生一碗水。

“上午我和舒童去学校拿毕业证。中午吃完饭去医院看寒山，结果寒山的娘说她出去了一会儿去买饭，回来就不见了寒山，吊瓶还没打完就拔了针呢。他娘急得不行，到处找也没找到，病房里的人也说没有注意，只以为他去厕所了呢！”

“他的病情怎么样了？”望雪一听，心也提了起来。

“听寒山娘说，刚用蜜蜂蛰了之后，还有消肿迹象，寒山情绪也很好。可是这几天又突然扩散得厉害，红线已经跳到了胸膛，寒山也非常痛苦，经常疼得叫出声来。医生说非常危险，不行至少要先截肢了！”秋生的口气十分焦急。

泪水又从望雪的眼角溢出。

“家里学校我们都找了，没有找到，我们看来你这儿没有呢！”

“我们去寒石屋，应该是去了寒石屋！”望雪好像突然想起了什么，和爹爹说了一声就和舒童、秋生急如流星地踩着小路向上赶去。

贝贝一马当先，噌地一下就蹿到了前面。

“快看，在上面！”还没有到寒石屋，舒童就往上一指。

几个人不约而同抬起头，寒石屋上面高高的崖壁上端坐了一个黑色的身影，在瓦蓝的天空下一动不动。圣洁的阳光洒在身上，像极了一尊石雕。

“寒山哥，你到那上面干什么呀，你快下来呀！”望雪的泪水夺眶而出，说话也已经泣不成声。

“寒山，你快下来，我们陪你回医院，医生说很快就好了！”舒童强压住即将喷出的泪水。

寒山的头在空中轻轻摇了两下，没有一点声音。

几只大雁从崖壁间盘旋而出，扇动着翅膀腾空而起，又斜斜地滑翔到了对面的崖壁，嗖的一声没了影踪。

几个人隐隐地感觉到了什么。不祥的预感笼罩在了三个人心头。

“寒山哥，你快回去！你答应过带我听山的，你不能说话不算数啊！”望雪仰着头使劲地对着上面的黑影喊。

看到望雪翘首着急的样子，贝贝也抬起头冲崖顶使劲地叫了两声。

除了山谷里荡起的几声回声外，没有任何回音，只看到寒山的剪影在微微地颤动。

“寒山，寒山！”舒童和秋生的声音撕心裂肺。

“寒山哥，我还要跟你听山呢！”望雪泪流满面。

“我还要跟你听山呢！我还要跟你听山呢！我还要跟你听山呢……”

山谷里回荡着一声接一声的回音。

寂寂的天空中突然响起了歌声：“天上有一轮月亮，月色皎洁令人神往，我和年轻的伙伴，一起把月色欣赏……”

9

几天后，望雪从寒石屋最里面的搁台里找到一封用演草纸写的信，静静地躺在小小的口琴边。

望雪的泪如飞雨。

亲爱的望雪、舒童、秋生：

请原谅我提前写这封信。

因为病情的突然恶化，使我感觉说不准哪天会突然离去，我是多么渴望和留恋即将到来的生活啊，可是生命又是如此的脆弱。如果真的发生什么意外，那这就是我给你们的最终留言吧！

认识你们是我一生的幸运，谢谢你们陪我度过了我生命中如此美好的时光。唯一感到遗憾的是，没能完成大家的心愿，我对不起大家，对不起老师和同学们对我的期待，对不起父母对我的养育之恩，希望你们替我好好照顾他们。

我会永远地爱着你们，爱着咱们的雁门峪，爱着咱们的寒石屋！

口琴就送给小雪了，希望你能喜欢。

欠小雪的听山，只好由舒童和秋生来代我补上了，请原谅我没有兑现自己的承诺！

再见了，亲人们，我爱你们！

寒山

10

秋风骤起。

习习的风掠过，在树叶上沙沙地响，像一个飘逸悠扬的童话。

雁门峪恢复了往日的宁静，空气里跳荡着熟透的山的香味。

清清的小溪放慢了脚步，蹑手蹑脚地从深无尽头的山谷走下来。

密密的萱草被秋霜打成了金黄色，软软地贴在地上或崖畔，伴随着遍地像花不像花的落蕊，踏上去悄无声息。

野菊花烂漫地盛开在崖壁上，金黄、火红、深蓝得如同抹了颜料。

遍布山谷的荆杨斜伸的枝头依然挂满了发黄发暗的五角形树叶。性急的毛杜鹃打满了暗绿的骨朵。

不知名的兰花草或多或少地顶着几个花苞或是花朵在角落里悄悄地给多情的各色蝴蝶轻吐着芬芳。

寒石屋洞顶褐红色的崖壁上渗出了细细的滴泉，在绿色的青苔中间慢慢积聚，半天，叮咚一声地落在下面的石板上，开起亮晶晶的小水花。老树裸露的树根虬虬结结，饱蘸了旺盛的生命力。

像喝了高度白烧的火红的五角枫、满树青翠碎绿的榆叶梅伴着细密的黄色苦菜花铺满了崖壁。

远山深处渐次地传出秋蝉衰弱的残声。

一阵大雁突然响起的轻鸣如微凉的琴音渐行渐远，缥缈在了茫茫的空寂之中。

秋阳煦暖地照向山谷，朦胧而又静谧。

空山寂寂，幽谷无言。

完稿于 2011 年 11 月

额尔古纳河之恋

我不知道该用怎样的语言描述它，该用怎样的故事来表达它，我生怕我的苍白和浅薄亵渎了神圣而又空灵的额尔古纳河……

我无法抑制我的情感，我只是在心里喊：额尔古纳河啊，我永远的河！

引 子

久居城市，心底里难免会隐约触发流浪的想法；漂泊的次数多了，骨子里不免会烙上些固执的暗红炭火，哪怕遇有极轻微的风，也会哄地燃烧起来，撺撺掇掇，以至于心挠体痒，血脉贲张，久久不能平静。

本就有着对异域民族强烈的好奇及对粗犷狂放的痴迷追逐，很偶然地，读了迟子建的《额尔古纳河右岸》，一曲与生命抗争的民族挽歌如书简般在眼前缓缓展开，那些鲜活的大爱大痛、无助和抗争如蚁咬心尖，满溢的苍凉和悲壮深深触痛了灵魂的深处。额尔古纳河，我来了。

额尔古纳河右岸

依偎着大兴安岭的西麓，额尔古纳河静静地流淌在中国和俄罗斯、蒙古之间。

额尔古纳，在蒙古语中是“宝贝”、“奉献”的意思。

额尔古纳河，一条神奇的母亲河，她用博大的胸怀和沉静为她的子女们缔造了一处处生命之源。在额尔古纳河及其血管状遍布的支流流经的区域，孕育了自强不息、坚贞不屈的蒙古族、鄂温克族和鄂伦春族，他们大多以游牧和狩猎为生，历经了世代的沧桑变迁，饱尝了生活的艰辛和磨难。

作为以探寻古朴为目标的游牧民族之旅，顺着额尔古纳河河畔，能触摸到最具北方特色的莫尔道嘎（蒙古语中“骏马出征”的意思）原生态森林，那是一片真正的寂寞的森林。

如果执著，一定要去走走一代天骄成吉思汗驻扎的达赉湖和那一片茫茫草原，感受一下当年马背民族弯弓射雕、驰骋疆场的豪情霸气。

阿尔山国家地质森林公园十分辽阔，是典型的火山爆发熔岩形成的高原地形，莽莽苍苍，山峦叠秀，涵盖了北方山林的所有特点和地貌。你一经走入她，就会深深地爱上这片神奇的土地。

从由北及南的额尔古纳河右岸一路走来，两侧湿地的秀美景色和返璞归真的原始风貌定会让你流连忘返。

由于时间的原因，没能亲往漠河的北极村去体验一下极昼极夜的感受，留下了不小的遗憾。

寻梦根河，可以体味到真正狩猎民族的淳朴敦厚和粗犷豪放。可惜此行不小心错过，后悔之余，这或许为以后的再次造访留下了美丽的借口。

额尔古纳的草原

毕竟额尔古纳的草原更像草原，所以明知自己的文笔拙陋，但还是不得不提及，只可惜自己没有泼墨挥毫的能力，无法把额尔古纳草原的浓墨重彩和视界的辽阔来奉献给大家，那其实真的应该是画家的天堂。

浩瀚无垠的草原迎面而至，初有的感觉大都应该是震撼和窒息。

已是深秋，漫漫无际的草原泛着醉人的金黄，犹如国画大师的画卷，延绵缱绻一直到茫茫的天边。一片片或浓绿或黛紫的草甸镶嵌其间，一抹抹静谧的湖水映着深深浅浅的蓝，宛如不小心泼洒的颜料四溢，整幅画卷悄然灵动。偶起的大大小小的山丘延绵不断，草原的柔美与豪放竟也在这跌宕起伏中相映得如此完美和谐。仰躺在画布上，天空湛蓝纯净，澄澈透明，恍惚间，洁白的云朵轻轻把你从缥缈的思绪中拖拽了回来，让你感觉到天空的真实存在。各种形状的白云犹如一个个不断变换的音符挂在天地之际，和着风吹草涌，茫茫的草原上浑然响起了马头琴那低沉、迂回的琴音……

夕阳西下，天地交汇成黛青一线，落日的余晖映红了天空，茫茫草原在夕阳的温柔笼罩下，那瑰丽的光芒摄人心魄，纵然是再出色的画师，也要惊叹于大自然如此的恢弘和细腻，再丰富的颜料也在此刻黯然失色。

袅袅的炊烟伴着暮归的羊群，优雅的草原狐绅士般地缓缓踱过，呼吸也如一枚石子铮的一声滑入一池深水，静静地定格在这片写意画中。

随着车子的起伏，远处的天空竟然时时会出现在视线的下方，大有天地倒置的感觉。

夜幕悄悄来临，额尔古纳的草原仿佛一幅几笔勾勒的简约素描：辽远的天空、无际的草浪、起伏的丘陵、平静的湖泊、悠闲的牛羊、袅袅的炊烟……

约战白鹭岛

发源于大兴安岭之巅的额尔古纳河，由南向北静静地流淌在青翠的草甸上，弯曲而清澈。虽地处高原，但是这里地势十分平坦，河堤几与草原相平。河岸大都很浅，平静的河水缓缓地流过，蜿蜒出了一个个奇形怪状的小岛，处处显示着大自然造物的神奇。

额尔古纳河迤逦过莫尔道嘎原始森林，沾染了山的灵气，在山脚的不远处，弯曲的河水中间，形成了一个圆形的孤岛——白鹭岛。

时已至深秋，静静的河水有些清冷地环岛而过，轻拂着赭红色的河堤。岛上遍布各色的灌木，河柳或红或黄地点缀着各自的生命。各种山果如繁星点点，时隐时现。间或出现的浪花一样的白桦在细风中沙拉拉诉说着久远的故事。河边的芦苇散散絮絮，有芦花静静地随风落到水上，便会漾起层层涟漪。

一切的一切都那么静谧，百年的孤独和沧桑让人窒息。

一支暗红尾巴的飞龙突然扑棱棱飞起，惊落了片片暗黄的桦树叶，在空中荡着飘扬的身姿四散而去，于是碧蓝的河水中幻化出一个个美丽的倒影。

静静的丛林并没有恢复以往的沉寂，从白桦林的深处，摇摇摆摆走出了一只体格庞大而又健硕的怪兽，它身高三尺，双耳直竖，两只钢叉般的犄角孤傲而又高贵，纯净一色的棕黄毛发奇异无比，尾部的惊人的一撇雪白又直让你赞叹不已。

各位看客有所不知，这是一只在此居住了千年的山野主人——狍子，它有着一个美丽无比的名字——梦柯（蒙古语为“无法融化的冰”）。

梦柯用力地甩了甩高昂的头，深深地呼了一口气，在原地由左至右，又由右至左地逡巡了几圈，然后屏足呼吸，四肢深蹲，突然高高地蹦向了天空，发出一声长啸。

梦柯知道，这一刻要来了，千年的等待，生命中注定的那一相遇终于就要到来了。

话说江湖中行踪飘忽的行者四杰了空、无尘、独孤、猎玄，经过长途跋涉，历尽艰辛，漂泊孤旅，在冥冥的指引下如期来到了莽莽苍苍的大兴安岭，来到了心驰神往、美艳绝伦的白鹭岛。

这是一场命中注定的相遇。这是一场即将到来的江湖中期待了千年的激战。如同两个不平行轨迹的星球，经历了亘古的吸引和望穿秋水的期盼，这一战，终于来了。这是一个让时空定格的时刻，这是一个让人窒息以至于泪流满面的时刻。不远万里的追逐，执著千年的等待，只为这一次相遇。

正午的阳光清冷地照在瓦蓝的水面上，岸柳的倒影在朵朵白云中红红绿绿地波动。几只鹞鹰停停滞滞地飞过，卷起一股股冷飕飕的风声。

蓦地下了一场骤雪，冰撒似的稀稀落落。

一声凄厉的啼鸣，惊醒了沉寂的山林，梦柯一个箭扑跃将起来，它终于要爆发了。世纪的等待让梦柯再也无法沉默下去，积蓄已久的力量如迸发的岩浆喷薄而出，腾起的身体如美丽的流星在空中飘过，直直地扑向了行者四杰。

来了，该来的终于来了。

了空、无尘、独孤、猎玄不敢怠慢，腾地拔地而起，菱形分布地立上了四个白桦树梢，眼神中满溢着淡定和从容。

梦柯眼看四杰闪躲自如，迅即在空中一个翻身，强健的四肢如离弦的箭刺向四侠兀立的白桦树，铮的数声弦断弓绷的脆响，片片桦树叶雪花般飘落，在空中簌簌飞舞。

梦柯和四侠闪转腾挪，激战持续了两个时辰，不分上下。只看得身影翻飞、光影密织如雨后彩虹，河水荡荡漾漾如午夜的银河。

如血的夕阳悄悄地爬上了白桦树梢，岛上的气氛凝重而又神圣。

是时候了，是该了结的时候了。前生的相互吸引和千年的期盼，毕竟该有个了断了。

几声齐齐的嘶吼从天空坠下。

只见了空从白桦树梢斜刺里飞将下来，腰间的梅花宝剑从鞘里铮地弹出，凛光一闪，霎时间林子里寒香四溢，如风雪中绽放了树树梅花。

梦柯不自主地耸起了鼻子，眼神也微微地沉醉。

却见独孤不慌不忙，悠然立在桦树枝上，气定神闲地用丹田之气在轻声吟哦：“一鹤排云孤影斜，缺月寒叶飒东西，片片梨花纷纷落，却念寂寞独守时。”

浓浓的淳朴诗意让梦柯也不由得静齿顿爪，颔首频频。

那无尘更是端坐在斜伸出的树梢上，两手拈箫，朱唇轻启，一段奇丽的音乐响起，如刺空的飞箭呼啸直入云霄，又蓦地碰转回来，在水面上铮地击出细碎的水花，余音抖抖索索，在岛上的山林中辗转缭绕，直惊得树叶也飒飒落下。尾声中的戛然一声长叹，划入曲终后的无声静寂。

梦柯被这异耳的声音惊得针刺般一颤。

在这个天地动容的时刻，只见猎玄一个鹞子翻身，左指斜拉，右手擎一暗红的三角形利器一个箭步杀将下来，顿时山林里热气蒸腾如灼烧的火焰。

烙铁，就是它，烙铁，消失了几千年的独门秘器终于重现

江湖。

梦柯在错愕和惊诧之际，通红的烙铁已经直直地落在了狍子雪白的尾部，只见一阵轻烟升起，随着一声天裂的声音直直飞入了天空。

那一刻，斜阳正残，静水如血……

额尔古纳的女孩

雨后的大兴安岭散发着一缕缕氤氲的香气。深秋的丛林莽莽苍苍，在清风中荡漾着阵阵松涛。清冷的阳光透过树隙挤进来，樟松软软的叶子泛着茸茸的光，如婴儿手掌般柔嫩滑软。细高的白桦树闪着锦绢般软软的光泽，密密的塔松舒展着枝干，不畏严寒地翠绿着。缠缠绕绕的藤蔓执著地向上攀爬，缀满树身的苔藓幽幽地绿着，依然耸立的枯竭的树干满身沧桑，光秃秃的枝丫毫无表情地刺向深邃的天空。间或传来的断裂声，似在昭示着生命的兴衰轮回。已倒下的腐朽树干上鲜嫩的蘑菇、黝黑的木耳在悄悄地生长。

远处的丛林中，一个渐行渐大的红点迤逦而行，时隐时现。

近了，才看清，那是一个身着格子红褂、手提竹篮的小女孩，篮子里已采摘了小半筐厚实的木耳和松软的蘑菇。

空气有些清冷，一只小松鼠机灵地三下两下蹿到树上，惊飞了一只瑰丽羽毛的飞鸟，扑棱棱直飞向了天空。

小女孩抬头望了一眼，一滴凝脂似的琥珀不偏不倚地滴到鼻尖上，痒痒地清凉而又温柔。

小女孩把琥珀轻轻地抹去，低头看了看篮子里半满的收获，想起屯子里墙角堆积的秘密，脸上露出了粲然的笑容，澄澈的眼神让她显得格外清纯和美丽。

前面的蔷薇和草苁蓉中，隐隐地现出一簇簇繁星点点的红果、黑紫发亮的野李子、珊瑚似的小红豆。小女孩几步上前，随手摘几个野果放到嘴里，或许是吃得太猛太酸，腾出的手不由得捂了一下通红的脸蛋，嘶嘶地吸了一口凉气。

尽管这样，小女孩还是放下竹篮，两只小手灵巧地摘了一把把的野果，在往嘴里放的同时，也装满了红格子上衣的两个口袋。

忽然，寂静的山林里传来一声轻轻的鸣叫，小女孩蓦地一惊，快速松开手里的枝条，凝神静听，确信了一声一声的呻吟传出。

在灌木丛前面不远的地方，蹦跳出一条缓缓的小溪，溪水碧绿地在山林中流淌。小溪的两侧，遍布了丛丛的灌木和芦苇，簇簇的山果红艳艳地闪现其中。

循着声音寻去，一只褐红色小鹿映入眼帘。小鹿的毛色光滑明亮，耳朵机警地竖着，眼神期盼地望着小女孩，口中发出一声接一声的凄凉的啼叫。

小女孩快步上前，把小鹿靠在怀中，一圈圈地将小鹿腿上缠绕的藤蔓解开，看到被挣破处暗红的血液，心疼地对着伤口轻轻哈了口气，快速在草丛中搜寻到一棵绿色植物，在水边的石头上挤了几下，将溢出的草汁滴到小鹿的伤腿上，从口袋里掏出一条黄色的手帕，小心翼翼地把伤腿缠上。做完这些，小女孩将脸疼惜地贴到小鹿的脖颈上亲了亲，拍了拍它的头。小鹿懂事似的叫了一声，回头看了小女孩一眼，一蹦一瘸地离开了小溪，褐色的身影慢慢消失在林中。

远处山下的屯子里升起了袅袅的炊烟，迤迤逦逦的小红女孩的身影又渐渐地远了，远了山林。

卜算子

额尔古纳

夕 至 剪 炊 烟
晓 起 裁 湿 云
醉 听 鹿 鸣 啼 谷 空
怎 忍 横 瑟 琴

行 歌 无 迹 风
静 水 流 深 声
谁 家 孤 雁 独 守 夜
哪 堪 寒 月 明

又记

北雁南飞，寂夜无眠。满眼满脑的额尔古纳河，纠纠缠缠，扯不断，理还乱，思绪不知从何说起。

其实，在我看来，行走或许是个梦想，漂泊也是个不屈的愿望罢了，没有多少理由，也没有多少可以说得明白的地方。

可是，这一行回来，或许是被异域的原始风情所打动，或许是民族的血液激发了沉疴已久的内心里的某种情愫，额尔古纳河，竟至于让我如此地不能释怀。我不知道该用怎样的语言描述它，该用怎样的故事来表达它，我生怕我的苍白和浅薄亵渎了神圣而又空灵的额尔古纳河，如果真的那样，额尔古纳的神灵啊，请宽恕我的鲁莽和无知吧。

我无法抑制我的情感，我只是在心里喊：额尔古纳河啊，我永远的河！

2009 年 10 月 17 日

山野碎花

故乡是一个梦想开始的地方，也是一抹无论走得多远、任谁都无法将其从心中移开的、总在黄昏时分蓦然跃出心头的厚重的剪影。

边想边忘

乡下的生活，如同一蓬鲜嫩的青蒿，苦涩中透着一股淡淡的香甜，从而使它更生动。

春天，是个很丰满的花日子，最快乐的便是孩子了，大人们自有他自己的兴奋和忧愁，那是很可以不必管的。

在乡下，真正让人们意识到春天已走进来的，不是春节，不是立春，却是那跳龙门的二月二。也不管龙是如何跳门的，那土色土香的炒豆子却是不可不吃。孩子们早已盼了好几天了，就为了这几把怡然自得的零吃，前几天就相约着去挖来了那必备的一种特殊的白土，然后就看母亲把地瓜煮熟，剥去皮捣烂，跟白面掺在一起，擀成饼，切成指头肚大小的菱形块，放在太阳下晒干，就可以炒了。这时就把去年刚收下的金黄的大豆和那些被称做“棋块”的地瓜放到锅里，撒上那些白土，慢慢地炒，也不知是什么原理，反正那样炒来的比一般的不知要好吃多少倍。炒熟了，一枚枚焦黄焦黄的，看在眼里就馋。

就这样吃着迎来了春天。迎春花早已被眼尖的孩子迫不及待地折来插在放了水的瓶子里，于是首先在家家的窗户上绽开了金黄的祝福。

绿色也是不甘示弱：柳眉儿悄悄地爬上了梢头，一汪汪柔情的眼神，透视出令人心醉的希望。孩子们便折一枝青枝绿叶，做个柳笛吹得满世界欢乐。

各种颜色争相献艳，轻柔的杨花捧出那梦幻般的洁白，满眼里飞舞。田野最慷慨、坦荡，献出一束束次第开放的紫色的野茄子、黄色的蒲公英，各种数不过名来的粉红、淡蓝、雪白……还有那绿草菁菁。

自然少不了纯色透明的孩子，匆忙地用大葱蘸酱卷一张烙得热乎乎的面饼，香喷喷地嚼着跑进这七彩的梦。编一个精巧的柳帽戴在头上，那一个童山还顺手从家里采了几朵蓝紫的梧桐花插上，扑着蜂儿蝶儿，过家家把人生过了个欢乐轻松。

吃的东西也不少。随意找一处土堰，扒开那细碎温柔得让人手心发颤的流土，便会找到那娇嫩鲜黄的苦菜花，轻轻地摘下那透亮的芽，再顺手拔几棵野韭，回去用清水一冲，卷进煎饼里，蘸点豆瓣酱，便是一顿极其难忘的丰盛的美食，让你吃了忍不住还想吃。

猛一抬头，榆钱已碧绿碧绿地开在你的心里，不吃是对不起它的馈赠的，只有三爬两爬蹿上树，折一束放在手里捋着吃，又清香又柔滑，嚼得满口津液，这时你便忘了世上的一切水果了。

榆钱还没有吃完，槐花就又接上了。

在小巧温柔、错落有致的槐叶之中，渐渐地透出了一捧捧的素洁芬芳，如同盛开了一片白云。村子里盈满了淡淡的香气，然而用力一闻，却又好像什么也没有。就在这醉人的天地里，孩子们机灵地攀上树去，小心地采下那一串串槐花。生吃是懒惰的做法，如若把它用油煎来吃或是蒸了包饺子，都是香甜可口而又别有风味的。

山上悄悄地溢出了另一种幽香，花椒开花了。花椒叶又嫩又温柔，躲开刺摘几支回家，蘸了面放油里一炸，又酥又脆，那天堂，也不过如此了。

永远也吃不完、玩不够的春天，就这样长记在了孩子们的心底。

咀嚼着春天的余香，孩子们就又走进夏日的乐园了。

五月五是纪念屈原的日子，我们这儿不是吃粽子，而是煮鸡蛋，也不知是为了什么。

初四这一天，孩子们拿起镰刀，跑进田野里，割来一大抱长长的艾草。这种事是孩子们最愿意做的，除了能吃到明天的鸡蛋外，在野外尽情地玩儿一通也是很吸引人的。

第二天，家家都起了个大早。母亲把一个个红皮大鸡蛋放在盛了艾草的水里煮，然后吩咐孩子们把剩下的艾草插到门框上、窗户上，压到床头下，于是屋子里就四处飘溢着很生动的香气。年龄小的，还可以得到一个装有艾草的荷包，这就足够骄傲几天的。

鸡蛋煮好了，散发着扑鼻的清香。孩子们等不得它凉透，就性急地装几个在口袋里，踏着薄明的晨曦走出家门。

鸡蛋并不全是为了吃的，重要的是用它做游戏。找好自己的对手，然后互相用鸡蛋碰，谁的蛋壳先烂了，就会懊恼不已，而那取胜的俨然成了一个英雄，那个鸡蛋就会被珍惜地装在口袋里，几天舍不得吃。

夏天的游戏是特别多的：弹弹子、骑毛驴、打弹弓、捉迷藏、拍电报……总也玩儿不完，也不知是谁想出了这么多的主意。

蝉声响起来了，才想起一件重要的事来，怎么能忘了捕蝉呢！

和一团面，用水洗了又洗，直到成了一团滑溜溜的面筋，拿片青麻叶一包，扛起一根长长的竹竿，我们就浩浩荡荡地出发了。

童山家的屋后有一个挺大的园子，里面生满了茂盛的青草和树木，这儿就是孩子们的一个乐园。

蝉声此起彼伏地织成了一张很密的网，强烈地吸引着孩子们的心。

一行队伍蹑手蹑脚地走进园子里，停下了一切吵闹。蝉是很精的，一有动静就会惊飞它。

中午的阳光静静地洒下来，在院子里筛下一串串斑驳陆离的光影，细碎地跳荡着。有不少的蜜蜂和蝴蝶在那花草之间飞进飞出，气氛恬适而又宁静和谐。蝉声依然一浪高过一浪地扑下来。

争执是不敢发生的，总是推选最有经验的童山执竿，揪一块面筋放在竹竿顶上，一伙人就屏神静气地看着童山把竹竿一点一点地举起来，穿过树杈慢慢靠近蝉。

这时候最紧张，失误一点就会前功尽弃，必须在距蝉还有一手远的地方，瞄准猛地一戳，就会看到蝉扑打着翅膀，吱吱叫着，却再也无力逃脱。

孩子们兴奋地把它摘下，放到随身携带的塑料袋里，又去粘下一个。这种方法的成功率是比较高的，一中午能捉好几十只。

然后一伙人在林子里捡一些枯柴到一片空地上，用火点着，把蝉用铁丝串着放在火上慢慢地烧。烧熟了，放在一起，每人分几个，一声令下，争着用手掰开那蝉，一丝热气从里面窜出，露出了暗红的一条条肉丝，口水就已含满了嘴。蝉肉又好吃又有营养，永远也吃不够。

夏天的雨是特别多的。那一次，雨洗后的园子还散发着潮湿的气息，我们就迫不及待地飞了进去。

“找到了！”不知谁喊了一声。

就在一个朽烂了的树墩周围，生满了一簇簇鲜嫩的蘑菇，打着小巧的伞，如同一个个可爱的小天使。

轻轻地把它采下来，用雨水冲一冲，摘几个大的青麻叶，把它放进去，用随身携带的盐和大蒜当作料，再一层层把它包严，就有孩子从树洞里掏出早已预备好的干柴，生起火，把包好的蘑菇放在里面，慢慢地烧。孩子们唧唧喳喳叫个不停。

等外面的一层青麻叶烧得焦黄了，就可以停火了。小心地揭开那层黄绿的青麻叶，鲜润的蘑菇就腾腾冒着热气摆在了眼前：青绿的麻叶、鲜白的蘑菇、扑鼻的香气……不知世上还有什么香得过童年。

晚霞已钻进树林，树缝里挤出一缕缕玫瑰色的光。家家的屋顶上升起了梦幻般的炊烟，在晚霞中圣洁而又朦胧地蠕动着。

该回家了，各家的父母都喊破了嗓子，孩子们才恋恋不舍地走出那片园子，走出那片神话般的树林。

晚饭后的时光是漫长的，睡觉却是最浪费的。孩子们可不，早已搬好了板凳，预先坐在了庭院树下。老人们嗑起一袋烟，摆起了长长的龙门阵。

凉爽的夏风悄悄地吹过，桐铃哗啦啦唱起了悦耳的歌，带着对杨家将和岳飞的崇拜，想着月宫中美丽的传说，孩子们安详地沉入了梦中……

等一觉醒来，已是秋天了。

蝉声渐渐地稀落起来，有一声没一声的。田野里的花草也不再是那么生动，而是成熟起来。玉米早就打了苞，急急地等着来收获，眼看着一场秋忙来临了。

孩子们也不能闲着了，这时候家家动员，把能抓上的人手全都抓上，田野里便呈现出一派繁忙的景象。

村子里显得宁静安详。空旷的大街上很少见到人，只是谁家的门口偶尔还会看到几个老奶奶坐在一起，拴着她们的孙儿孙女。

少了孩子们的欢声笑语，林子里安静多了，一派太平景象。偶尔几声鹅叫，便陡增几分乡情。

收完了玉米，马上就是更紧张的麦种。刨地更是少不了孩子，这时多一个人就多了一份信心。

一家人就说说笑笑，比着往前赶。累，却是舒心的。可千万别躺下来享受那一时的舒畅，最好的休憩便是去吃一些野味。

田野的埂堰上结满了紫得似血的透亮的野李子，如一颗颗小灯笼点亮在绿草丛中。摘一颗放到嘴里一咬，满口生津，又酸又甜，还有一种特别的香气，比那真李子不知要好吃多少倍。

如果不怕刺，还可以摘到那攒成一团的小宝塔般的野草莓。还有那一串一串的金黄通红的野酸枣，乌紫小巧的野葡萄……秋天的田野丰富得很，让你吃都吃不过来。

乡下的活路多得如同一只上满了弦的永不生锈的钟，总也没个闲暇的时候。但也有个好处，你说忙它就忙，说没事也总能找个借口停下来。

忙碌了一阵，就倒出几天来可以让孩子们休息一下了。于是就相约着前呼后拥地去坡里捉蚂蚱。

庄稼都已收完，田野里一片空旷。满目舒展的旷野，散发着缕缕梦幻般的乡愁。

乡下孩子好胜心强，总爱比着干，可回回捉蚂蚱都是机灵的童山捉得最多。他有一双神奇的眼睛，随便一看，就能知道哪个地方有。

繁忙之中就迎来了中秋节，劳累的身心该得到暂歇了。这时候，孩子们再也不敢乱跑，都被喊到家里老老实实地待着。

月亮慢慢地升起来了，又大又圆，静静地洒着流水一般的柔情。

家家的门前树下，都摆起了一张小桌，桌上摆满了月饼、水果、酒和刚炸好的蚂蚱等。一家人就团团伙伙地围在一起。

清静的月光把槐树的树干清晰地印在地上，桌上的红葡萄酒散发出一种神秘而又圣洁的色彩。几只大白鹅静静地趴在月影中，一动也不动。这时候，孩子的心里是很激动、很庄严的。

总是父亲先端起酒，讲几句让一家人激动而又生发一种使命感的话。然后，一家人都端起酒，一饮而尽。

这种带有一些宗教色彩的古老仪式一进行完，就可以随便吃喝了。于是，往往是老人们拉起了家常，孩子们便在和颜悦色中把团聚的幸福饱餐一顿。最难忘，明净的月夜下亲切的家园。

一场秋霜把满野的荒草染成了杜鹃红，只有一捧捧的淡蓝的野菊花还在溪畔、沟边，傲然地喷吐着它的芬芳。

山上的黄花开了又落，转眼便是冬天了。

村东的槐树林已落光了叶子，呈现出一派野性的气魄。树枝虬虬结结，依稀可见当年枝繁叶茂的情态。

就在那高处，残留了不少蝉蜕。大人们告诉孩子，这是一种很好的药材。于是放学后就相约着来这里用竹竿戳，然后去药店里卖掉，用那钱换来的小人书好几天不得休息。

乡下的孩子们想看的书多，而得到的又少，就不得不忍着零吃的诱惑，把偶尔得到的零花钱一分一分攒起来，去买一本书，几个人轮着整天地啃。也许是越得不到越想得到的缘故吧，那时迷恋小人书的执著程度简直到了疯傻的地步，只要听说谁有，就会千方百计地去弄来，有时宁肯舍出自己精巧的弹弓、万花筒。

农村活路多，孩子们也是这样，于是那挤出的一点点欢乐就显得时间特别长，充盈了整个脑海，记忆中就好像被它占去了绝大部分。

天凉了，要准备过冬的柴草，纤瘦的身躯便需时常在山林里爬进爬出。争执是经常有的，却在几分钟后又情同手足。孩子忘性大，不记仇，处处充满了童真，友情便悄悄地滋生起来了。

童山是我们的头，我却常常跟他吵架。一次进山，发现了一个鸟窝，里面趴着一只身体很长的生满美丽羽毛的鸟，正静静地打着瞌睡。我蹑手蹑脚地走过去，张开两手，准备猛地一扑，童山却把一块土块投了出去。鸟被惊醒，扑棱一声弹向了天空，眼睁睁地看着只剩了一个模糊的黑点。

于是战争就不可避免地发生了。我和童山在一块空地上扭打翻滚，两边的为各自支持的一方呐喊助威，时不时地，我们要腾出手来提一提那滑到屁股上的裤子。

晚霞如一个蛋黄被挤碎在西边的林梢上。不知谁喊了一声："回家喽!"

战争便自动结束，也不管谁胜谁负，各自背好柴草，边闹边唱地又洒下一路欢乐。

鹅毛大雪如一只只蝴蝶戏耍着翩翩舞了下来，大地一片白茫茫。孩子们便被困在了幸福里。

由于下雪，大人孩子们往往都无事可干，常常一起围坐在火炉旁，边烤着那切成片的秋天刚收下的地瓜，边唠着村里的趣事。屋子里散发着一股淳朴而又火热的浓香气息，真希望雪就永远这样地下下去。

等吃过了除夕，放完了鞭炮，就开始走亲串戚，一气就串到元宵节。

也不知是怎么传下来的风俗，这天清晨，家家的孩子们都要起早，到门口点着一堆艾草，用它烤手烤脚，说是第二年就不会冻伤。不知有没有科学道理，反正是那样一来，第二年就真的很少冻伤。

终于童年也走到了头，该有个严肃的结尾了。

忘不了那个早晨。

我和童山走到水库边，他要走了，要离开这片多情的土地去求学。我们默默地坐在水边，各自想着自己的心事。

水库里的水碧清碧清的，沁满了凉意，阳光很灿烂地射在水面上，前面不远处便有了一块因强烈反光而刺眼的不规则的地方。两边土堰上的荒草在水里投下一个黛青的倒影。

水面很静，没有一丝波浪，偶尔水中心慢慢地荡起一丝丝涟漪，轻漾着缓缓扩散，哆嗦地泛着碎光，大约是鱼儿吐水了。水边生了一些芦苇，也已是满目苍黄，零零散散的几棵，却也独有一种朴素自然的美。芦苇隔出了一个个小湾，静静地泊着，水显得更是清幽、恬静，只是，冷了些。

忽然低头看见了一捧捧绿，是芦苇偷偷地萌出了尖尖的芽，还略有些暗红，这生命被浸润得更让人恋。春，又已显露出了生机。

一只水鸟扑棱惊起，凉飕飕地射向了天空。

这就是乡下的生活，平淡而又破碎，却是真的生活。记不得有多少次梦回家园了，常常是泪染双眼，浸湿了故乡纯情的人和事。

我把她永远深深地爱在心底。

这些，从来不用想，一辈子也不会忘！

乡思

又进家园
重踩满庭
旧时的脚步
却难以
拾起
劳顿了的故情

无言以对
盈塘的
岁月之尘
泪心
已迫不及待地
投入涟漪

母亲祭

又是槐花送香、溜溜嘴开黄山的季节，却不见了母亲佝偻着身躯带我们满山挖野菜的身影——母亲离开我已经一年了。

母亲的爱宽。她虽然只有我一个儿子，可是她分明有许多个儿子。我的朋友，甚或是我的同事，不管怎样的性格，只要去过家一次，母亲就毫无例外地一概以孩子对待，甚至每个人的属相都能记得，也会时时地提起来，做过百家饭的她绝不会让新来的孩子有任何逊于自己亲儿子的待遇，以至于母亲的病重住院和离世，让许多我的朋友也为之心痛，久久地待在母亲的遗体跟前长恸不止。

母亲对我包容。当我将大队的苹果和梨子偷得公家忍无可忍的时候，当我把正在游泳的邻家衣裤恶作剧地抱走的时候，当我把扫帚放在别人即将打开的门框顶上的时候，当我把带拉环的鞭炮拴在别人门扇上的时候……母亲只是对外不停地代我领错和受罚，可是对儿子却只有轻轻的责备和温柔的恐吓。我现在明白了：那是用宽容织就的一张纠错大网，母亲的良苦用心啊，让曾经顽皮和捣蛋闯出无数祸源的儿子心碎。

可是当我被童伴射箭射中头部鲜血如注、淘气给狗穿棉袄被咬烂腮唇、用炭灰烧雷管被炸得满身血污的时候，母亲却又是那么的淡定和宽容，焦急和担心也无法掩盖她不去妄加责备的冷静。

母亲善良却不张扬。当着外人的面，从来不说她儿子的好，但是对品质的表扬却绝不吝啬。可是做儿子的看得出来，一旦子女们有点可以示人的成绩，母亲的骄傲是溢在脸上的无法掩饰的满足。朋友们张罗着给母亲过六十六岁大寿，母亲很渴望地但却近似勉强着同意了，那晚的母亲最幸福，她真真地在享受子女们发自内心的真诚的爱，那可是习惯了最后吃几口剩饭然后打扫残局的母亲极少的一次饕餮。可是母亲口里说出来的却是：不要给别人添麻烦啊！母亲，你的儿女们都是应该做的啊，在这一份份微薄的孝心面前，你原谅了你的儿子任性固执给你带来的各种委屈和伤害了吗？

母亲爱管闲事，且为人公正正直，所以邻里之间的磕磕绊绊，一般都由母亲出面，在化干戈为玉帛的同时，经常甚至是做出家庭的牺牲，以至于村里不管年长的还是年轻的都愿意跟母亲往来，因为跟她在一块儿累不着自己。直到今天，村里的长辈们一说起她来都还眼圈发红，不停地念叨起母亲的各种好来。

母亲没有念过书，只上过一段时间的补习班，可是她却用她自己的执著和特有的方式学会了认字看书。也因着认字的缘故，母亲熟读了许多流传在民间的经书。或者是太过善良的原因，母亲终生信佛，信得很执著，虔诚地信奉着一个个神灵，以至于那次我克服了各方面的阻力答应带她去五台山过年的时候，从不喜形于色的母亲竟然流露出了孩子般粲然的笑容，那份笑痛痛地长记在了我的心底。小小的五台山，竟然是母亲一个极大的奢望，冬雪冰季的各个庙宇的祭拜，对母亲而言竟然是莫大的满足，我一时心血来潮花二十块钱给她买的一个念佛机竟能让母亲奉若至宝。那一次难忘的经历是我对母亲含辛茹苦育我成人的最欣慰的印记。娘啊，对儿子来说，那样的出行太简单，太微不足道了！

生在大山，根在乡土，母亲一生只出过两次省城。那次由于错过出行的时间只让母亲待了四个小时的北京之旅，却给了母亲去过了首都的厚厚的满足和满满的骄傲。娘啊，儿子至今不敢正视：相信你自己也明白，那不过是为了让你跟着照顾弱小的孙女罢了！

没有任何怨言和不满，这就是伟大的母亲，为他人着想，只要别人好了，再大的委屈和误解在母亲那里好像都没有了任何动力。在病重需要做手术的时候，母亲撑着她那孱弱的身躯问需要花多少钱，要不就不治了，活不了几天了。我轻描淡写地撒了个很小数字的谎，然后又把最近股市挣的钱夸大数倍告诉她，以换来母亲的欣慰和坦然。想起那曾经的一幕，我泪流满面：娘啊，钱是花了能再来的，可是母亲却只有一个，我给你治病的不是钱，那是我们应该反哺给你的你赋予我们身体里的血啊！

我抑止不住的泪水！

母亲自从在重症室里走了一趟鬼门关出来，就只是和我开了一句玩笑，没想到那就是和她最后一次的正常语言交流。自此母亲便几乎再无常人的思维和语言，可是即使如何地神志不清和半昏迷，孙女的到来都会让她眼神变得柔和，我知道她的牵挂和对孙女的挚爱。母亲，你在天堂放心，孩子没有让你失望，她争气着呢！

真的是冥冥中神灵在望着母亲，善良的人哪里都受欢迎，在老家古老珍贵的北极星挂钟走到 4:44 恰巧停摆的时候，受尽了各种人间伤病折磨的母亲撒手绝尘而去，墙上的钟摆也永远地滞留在了那个让子女心碎的恒定时刻！

母亲的最后一口气轻叹而出，留给我的是无尽的思念和绵绵的记忆！

2011 年 5 月 4 日纪念母亲

纪念

岁月不知不觉地在父亲的脸上刻下了一道道纵横交错的皱纹，老人的步履再也没有了以前那种万水千山只等闲的气势，只是精神头依然不减当年，每天还是挺着他那弯曲如弓的腰满坡里转，从拂晓到傍晚，果田里总少不了他的背影。

我不理解。我不理解已枯朽如槁的心为何对他的那片土地如此执著。几次劝说父亲在家安享清福，别再去爬山越沟的，万一有个三长两短的，可如何是好。可是不说还好，每次劝说都招来父亲的一通教训，直到我保证再也不说为止。

嘴上不说，心里却还是不停地嘀咕，谁承想老爷子得寸进尺，这天天飘起了蒙蒙小雨，村子还沉睡在清早的冷雨中，老爷子却又不见了。这可急坏了兄弟几个，天湿地滑的，这么早出去，摔了可怎么办？

几个人风风火火带着一肚子的怨气赶到果园，一下子就被眼前的情景惊呆了：

雨雾中，父亲穿上了压在箱底几年不动的部队发的老军装，佝偻着身子蹲在一棵果树下，两手不停地揉搓着一把泥土，口中念念有词。气氛神圣而又肃穆。

望着被小雨打湿的父亲，我又心疼又生气：“你这是咋了？”

父亲缓缓地回过头，眼神里跳动着一种别样的光，喃喃地说：“今天是他老人家的生日，我来陪陪他老人家！”

望着父亲胸前别着的那枚“为人民服务”的像章，我蓦地一下清醒了，雨雾中，眼泪，不自觉地溢出了眼眶。

月光曲

1

今晚月光亮亮的，是一轮朗月。

哦，今天八月十三，离中秋节只有两天呢!

一片清辉像一张硕大的竹帘倒悬下来，弥漫了空间。齐刷刷的月光把一片树影脉络清晰地印在墙上。那明亮的墙上，于是生出了一棵棵枝叶婆娑的大树，真真切切的，带着浓黑的树斑，绝不像是虚幻的，好像可以拥抱她。

多么诱人的倩影啊!

于是，我奔了过去，张开两臂，想去满足我的希望。

可是，我失望了：这相思的树呀，它终究是一个虚幻的影子，它只是它自己。

一阵颤抖的风轻飘飘地拂过脸面，凉丝丝的，怕把人惊醒似的。圆圆的月亮抖动起来。树枝斩断了它的万缕情思，一丝惆怅掠过，便又洒下一束束清冷的银辉。树影又稳稳地嵌在了墙上。

月亮在奏着一曲哀怨凄厉的小提琴曲。

清凉的夜晚。静谧的夜晚。

这样的月夜，总好像少点什么吧!

月儿圆圆的，后天就是中秋节了。

2

月儿果真圆了，四面生辉，一片炫目。

月光透过参差错落的树缝，洒下一片斑驳的疏影。孤零零地，静静地，似在等待着什么，周围是偶尔传来的虫鸣声。

倾泻的月光把天地织出一片恬淡，谱出一曲和谐的柔曼的钢琴曲。而琴键下面，却是错综复杂的即便是优美也是人为想象的交响乐。

于是，在我心中，一缕温风摇碎了这婆娑娑娑的梦，清晰呈在眼前的，是一轮金碧辉煌的圆月，圆极了，亮极了！

那山、那人、那路

1

在地图上找不到的地方，有一个四面环山的古老村庄，称做槐荫村。这儿环境优雅，空气清新，长住在这里，自然就舒筋健脾，提气蓄精，有说不尽的情趣。尤其是夏天一到，家家的槐树枝叶繁茂，翠绿的嫩叶织出一片片绿荫，人们三三两两坐在树荫里忙家务活，吮着槐叶特有的馨香，凉爽沁脾，暑气全无，浑身说不出的舒服。

它四面环山，好像是坐落在井底，每每夕阳西下，南面的山峰裹上一层橘红色的雾岚，缭来绕去，景色颇为壮观。

槐荫村样样都好，只一点人们还不满意，那就是吃水难。村中一百来户人家，用水都要到北面的一个山沟里去挑，这条山沟长而且窄，两边是陡陡的土崖，水井就在沟底，走到那约需半个来小时。

令人讨厌的是水井的附近有一条清清的小溪，无声地流着，正好把水井隔在了那边。不知为什么，多年来也没修上一座小桥。要想挑上水，还需绕过几十米的路，这倒没什么，可是眼看水井就近在眼前，却不能直接过去，心里总觉不那么舒服，但没有人去管这些，也就只好将就着。最让人头疼的是两边土崖夹着的那条弯弯曲曲的小路，经过多年的雨水冲刷，原来的泥路变得更加崎岖不平，并且露出一些奇形怪状的石头——乡下孩子称为“干狗”的，一人空身走在上面，还免不了东倒西歪，再挑上一担水那更是深一脚浅一脚了。要是赶在平常倒也罢了，如果遇上下雨或是融雪，两边土崖上的土被水一冲，顺着小路向下淌，黏黄的浆体给小路抹上了一层“水泥”，人们更是叫苦连天，这时的一担水，简直称得上“千金难买”了。有鉴于此，村里几次说要引水进村，而且不止一次听说上级拨了款，却总也不见动静，人们对此也是一点希望也没有。

忽然，就在前几天，人们惊喜地发现，小溪的上面多了一座窄窄的小桥，恰好可供一人通过。小桥是用石头砌成的，倒也结实。于是人们由惊奇变为欢喜，随后才相互打听：

“这是谁做的好事，该不是村里修的吧？”

“肯定不是，村里干这种事，往往是人未到话先到呢，这次怎么就没听说？”

就有一个知情的总结道：“可能是老康泰吧，那天清晨我赶早去担水，碰见他挎着一个篓子从崖下上来，到井时桥就有了，我就猜想是他干的。但仔细一想，又不像，他这人疯儿吧叽的，怎么能办出这种好事来。”

知情的人又自行取消了他的看法。

于是人们也不再猜疑，只是迈着轻快的步子去担水，至于是谁做的好事，没有人去追究，跟落叶一样，不管是被风吹的，还是被人摇的，总之，叶子是落下来了。人们心里也没多搁下些什么，不几天，这件事就混混沌沌地过去了。

2

村北的土崖上，一间孤独的土屋静静地伏在那里。周围用篱笆围着，几只白头大鹅在院子里蹒跚地走动，不时昂起头莫名其妙地大叫一声。

太阳昏昏地照着屋顶上萧索的荒草，发出一片庄重而又凄凉的光，与那破窗格上残留的渍满了泥尘的黄纸倒有些默契。气氛显得凝重而又悲壮。

老康泰左手腕上挎着一个半旧不新的竹篓，正在离土屋不远的一片堰上捡着什么，可能是草种吧，几乎天天都见他这样。

“也许是用草种喂鹅哩!”人们这样想他，究竟干什么，谁也不去管。

院里的一角，一个破布袋子里已经盛了许多了，上面盖着一个破得只剩下顶的苇笠。

他默默地低头做着这一切，瘦小的身子不时地蠕动几下，有时又要像鸭子般向前蹒跚几步。

枯草瑟瑟发抖，如同受了委屈的孩子。苍黄的光在草间跳跃着。一切都像睡着了。本来嘛，春华秋实，日月递嬗，谁也改变不了的真理，年年这样，岁岁如此，一切的一切都习以为常了。

突然，一只缀着黄色翅膀的蚂蚱从草丛里蹦了出来，刷的一声飞到了另一边，这才好像出现了一丝丝生机。然而，很快地，这一丝小小的可怜的生气又消逝了。

老康泰直起身来，右手缓缓地捶了捶腰，然后长舒了一口气，头在风中哆嗦了两下，把篮子向上挪了挪，一脚高一脚低地向土屋挪去，清瘦的身板一摇一晃的。

慢慢地，他推开栅栏门，把几支木柴丢在柴堆上。院子里的鹅相继叫了起来，像是迎接主人的到来。他把十来棵带草梢的苦菜籽扔到地上，于是鹅们便咕咕叫着，伸长脖子抢食着地上的野菜。

老康泰眯着眼看完这些，踅到门前的大槐树底下，盘腿坐到蒲团上，从腰里掏出一个盛烟末的塑料袋和一根大烟袋，毫无表情地吸起烟来。

吸了一会儿，他重新把烟袋别在腰带上，然后把那一篮子草种倒进袋子里，便什么也不再做，扶着篱笆向远处似睡非睡地望着，好像有无限心事，在苍黄的落日下，如同一尊木刻雕像。

这时，外面传来一阵吵吵嚷嚷的声音，接着跑进来一群孩子，嘴里齐声喝着：

“老康泰，烂衣裳，变只狗，汪汪汪！”

老康泰转过身来，露出一丝极难捕捉的微笑。他看着孩子们，嗫嚅道：

“怎么能……能……这样，怎么能……能……”

孩子们笑得更响了。领头的野生歪着头问道：

“喂，老康泰，你媳妇还和你好吗？”

老康泰脸上掠过一丝丝难看的神色。他张了张嘴，什么也没说，扭转头踏着沉重的步子回到槐树底下的蒲团上，悲凄的眼神木然地闭了一下，长长地叹了口气，然后又毫无表情地掏出了那根烟袋。

孩子们忽然不闹了。野生低着头对他们说了一些什么，就一齐跟过来。

走到跟前，野生两手捧着，很神秘地说：

“哎，你猜这是什么？很贵呢！”

老康泰抬了一下失神的眼睛，没去搭理他，继续低头吸他的烟。

“你不看？你不看？这是从墙角的袋子里捡的呢，我口袋里还有许多哩！”

老康泰猛然抬起了头，吐出了一口烟。他用疑惑的眼神瞅了瞅野生，终于还是满脸通红地欠起了身子。

可是野生手里什么也没有。他生气地白了野生一眼，又一屁股蹲了下来。

“嗵”的一声，他一腚坐到了抽去了蒲团的地上，仰面朝天地哆嗦着脸部一条条干巴巴的肌肉，烟袋摔在了一旁。

“要学狗啦，要学狗啦！”

孩子们手舞足蹈。

“你们，你们……”

他慢慢地从地上爬起来，重新把烟袋收拾好别在腰里，便一拐一拐地往屋里走。

野生好像还没过够瘾，他把腰一叉，大声喝道：

“站住，我是红卫兵，快把你投降的事老实说出来，要不，让你戴‘手表’！”

老康泰停住了身子，精神顿时紧张起来，面部的肌肉抽搐着，眼里流着悲哀的光。他下意识地看了看自己的手，猛然，他大喝一声：

“你们，给我走！”

“快跑，他又要犯病了！”

野生恐惧地喊了一声，孩子们慌乱地四散逃走。

身后，传来一声狼嗥般的叫声：

“啊——”

3

天气渐渐地凉了。秋风把树叶吹成了金黄，随后便飘飘悠悠地落到了地上。

从这天起，老康泰除了捡草种，还多了一项事。每天，他捡草种回来，吸一会儿烟，就从破旧的土屋里拿出一把二指钩，来到小路上。

他两手握着木把，慢慢地用钩子在土崖上划着。他划得很细，在土崖上划出了一薄层土，碎碎地平铺着，可是仍有一些不规矩的从土崖上滑下来。每每这时，他总是傻呆呆地发一会儿愣，再默默地划，划，直到两边山头现出一片橘红色，他才扛起小小的二指钩，眼神里既让人看不出有什么希望，也看不出有什么悲哀，似乎完全失去了光彩。

可是时候不长，他又挎着篮子回来了，里面装着些他捡的草种。他站在土崖上，用手抓起一把草种，熟练地将它均匀地撒在用钩划过的细土上，不时地还要用两手捧起一些土来，撒在种子的上面。

直到做完这些，他才挎着篮子回到家，不再出来。

夕阳的余晖溶在袅袅升起的淡淡的炊烟里，亲切而又让人感到惆怅。几声单调的鹅叫和大门嘶哑的吱吱声后，一切便寂静下来了。

这一天上午，孩子们又来了。他们只是在院子里做着一些游戏，再也没敢捉弄老康泰，只是到了后来，他们玩儿腻了，才来到槐树下。槐叶稀稀落落的，阳光透过这几片孤零零的树叶和显得有些单调的枝干，筛下一片稀稀疏疏的斑影。空气略微有点热。

“野生哥，你说那荫凉怎么可以这么少了呢？”一个比小不点大不多的萝卜头问道。

“真笨，树叶都落了呗！你看，这地下一个圈一个圈的，我哥跟我说过，这就叫什么‘小孔照相’，是太阳照的相呢！”

“啊，噢！”孩子们都佩服地望着野生。

野生很兴奋，有些讨好地问老康泰：

“你说我说得对吗？”

老康泰眼睛一眯，露出一点点微笑的光，颇赞许地看了看野生。

“是哩，是哩。”

野生更是得意，顺势继续问道：

“你跟你儿子照过相吗？”

老康泰刚刚滑到脸上的一点微红刷地褪了下去，他低下了头，却很快又抬起头来，两眼如中了魔一般向前直直地望着。那是怎样的神色啊，有思念，有愤恨；有甜蜜，又有苦涩；有温情，也有凶狠；还有一张枯槁的爬满了“蚯蚓”的脸。

野生一看这神色，再也没敢问下去。他以为老康泰又要犯病，赶忙带着他的兵大气儿不敢出地溜出了院子。大白鹅嘎嘎叫了几声。

下午，老康泰继续在土崖上划土，撒种。几个挑水的中年人歇下来跟他打趣。

“哎，老康泰，怎么过起小日子来了，要种草养鹅吗？”

“嗯啊，不哩！”他讷讷地应道，仍旧没有停下手里的活。

谁也没有听到他说的什么，也不去管那些事，他们只是闷得慌，寻点开心。

“哎，听说你儿子现在当了大官了，他还要来咱村哩！”一个人还不罢休。

“真的？唉，不来哩，不来哩！”他扭了一下头，同时眼里一亮，但很快又暗下去了。

那几个人笑了起来。

“你媳妇还准备跟你儿子一起来看你哩！哈哈哈！”几个人挑起水笑着走了。

老康泰没有再把他的活继续做下去。今天他只弄了一小块，就例外地收拾起东西早早地回去了。

这次，他没有再抽烟。

他扶着篱笆，默默地望着北面起伏的山峦。

墙角破麻袋上没有盖苇笠，露着一些苍黄的草种，没有许多了，破苇笠躺在麻袋一边的地上。

没有风。树叶不摇不摆。太阳不冷不热地照着。

大白鹅安详地趴在地上，很寂静。

忽然，一滴浑浊的老泪从老康泰那枯瘦的眼角溢出，顺着脸上的皱纹缓缓地、缓缓地向下流，流到下颌，便突地凝住不动了。

4

槐树上的叶子一天天变少，终于，只剩下了一支支光秃秃的枝条，原来的绿荫匝地，变做了黄叶缤纷，嫣红的斜阳将一抹抹的光漠然地洒在上面，反而有些金碧辉煌了。

堰上的荒草可就没有落叶那样的雅致了。枯黄的草秆乱蓬蓬地倒着，显出一副破败的狼藉景象。微微的风吹来，乱草瑟瑟发抖，在空旷辽远的苍穹下，让人无端地想到那苍苍茫茫的亘古瀚海，想起那古老的铁马冰河，想起那出生入死、飘游不定的江湖侠客，想起那“风吹草低见牛羊”的茫茫草原，想起那梦萦魂绕的“燕赵悲歌”……

几场雪后，冬天完完全全地把整个槐荫村罩住了。

冬天好静，如同死了一般，连鸟雀儿也被它那肃杀的冬风刮得无影无踪。

还有一点生命力的，好像就只有槐树了。它们虽屡遭寒冬的侵袭，反而更加苍劲。虬曲的枝条疙疙瘩瘩的，那粗犷裸露的树皮，在凛冽的寒风中更透出一种刚性的美，让人滋生对力的渴望。

槐荫村啊槐荫村，体现你的风格的不应是那虚幻的槐荫，而应是这野性的却又朴实的槐树啊！

这一年初冬的生活是安静的，如同一泓平静的死水。

这一天，突然飘下了漫天鹅毛般的大雪。没有风，雪在直直地向下挪动着脚。老天如同在不停地大把大把地撒着棉絮，一片片柔绵莹白；又像落着一层层的榆钱，在细语着对乡土的深情；还像一群群嬉戏的蝴蝶，在空中变换着各种造型。世界成了白雪公主的舞池。

雪是无情的，无论你怎样把它美化，它总是禁锢了你的手脚，无情的雪把人们都逼回了属于自己而不属于别人的小世界。

雪又是有情的，无论你怎样诅咒，它总是默默地把丰收的希望播在田地里，无任何辩解，不需一丝慰藉。

竟不紧不慢地下了两天，太阳还没有露面，雪停了。

视野所能及的地方全是一色坦荡的白色，如同一床厚厚的雪被铺在大地上，袒露着宽广的胸怀。那些晶莹的六角形晶体，如同一个神通广大的化妆师，把世间一切的破烂杂物和让人看了不快的废品全都变成了一派琼楼玉宇的仙境。

槐树成了一个个头戴玉冠的白衣王子，一根根枝条穿着绵绵的玉衣，很肃然地如雕塑般凝立在空中。

田地被银镶玉裹，却整齐地显出了一条条洁白的垄。

近处的土堰，远处的山峦，可人的仙境，晦气的世界，洁净，污浊，不管是好是坏，不管你同意还是反对，都被那白雪覆盖了。当然，还有那条弯弯曲曲的通往水井的小路。

槐荫村还是槐荫村，光线好的时候仍有淡淡的影子映照在光洁的雪上，但却是不安的槐荫村了。

一场大雪，封住了通往水井的弯弯曲曲的小路，进而封住了水源。家家的水缸几乎都见了底，有的人家已经开始靠融化雪水来度日了。槐荫村真个地跟外界隔绝了。

但是，没有人去冒着严寒扫出一条路来，村民们凭他们随遇而安的本领顽强地繁衍生息着。一场雪并不会断绝生命。一切都在冬的色调中沉寂着。

空气都冷透了，太阳不知躲到了哪个角隅，想必也取暖去了。这样的天，耳朵不小心都会冻掉的。

槐荫村却冻不掉！

5

雪依旧封锁着道路。

槐荫村依然在冬的色调中沉寂着。

突然，这天下午，槐荫村沸腾了。

啊，一条路！

一条通往水井的小路！

一条弯曲的兴奋之路！

路，只有人走，才称其为路；路，只有凭借人，才能在万物中占得一个不小的席位，无论是什么样的路。

小路上响起了喳喳的脚步声和吱呀呀的水桶声。

然而，还没到井边，人们像被冻住了，傻呆呆地愣在雪地上。

前面，老康泰穿着一件油亮的破棉袄，两手握着一张满是铁锈的锨，脚步沉重地向前挪着。

看到全副武装的人群，他的眼睛跳动了一下，很快又恐惧地睁大了。

人群中有个身穿大衣的干部模样的中年人。

老康泰的眼睛亮了起来，一滴晶莹的泪水顺着干皱的眼角溢出来。

“我的……儿子！”

老康泰突然一声凄凉的喊，铁锨噗的一声掉在雪地里。他踉踉跄跄地奔过去，一把抱住了中年人。

“你，你来了，我知道你不会……”

中年人却猛地挣脱了他的手，向后退着。

“你是谁？啊，疯子！”

老康泰如电击一般地怔在了那里，张着两手，泪水在脸上凝结成了一个小疙瘩，整个如同一尊毫无血色的木雕。

猛然，他的嘴角抽动了一下，慢慢地张开了嘴巴。

“啊——”

一声撕心裂肺的惨叫。老康泰舞着双手在雪地上狂奔起来，几个年轻人跟着跑了过去。

西边天际，一轮黯淡的太阳冷冷地发着橘红色的光，如同一个溅洒着的血球，洒到弯弯的雪路上，红红地发着血色的光。

雪！血！

路，不会忘记，也不能忘记啊！

也许过不了几年，这儿就会有一条两边生满绿草的不再蹚泥的舒适的路，然而，还会多一座——坟！

朋友问我：何为路？

怎么解释呢？鲁迅先生说过：其实地上本没有路，走的人多了，也便成了路！

成熟在冬季

冷峻的世界
把狂热
凝固成
深沉
冬天的心
宁静孤独
不再有
绿色的冲动
于是
心中
便有了
一条
冷静的路

荒草萋萋的山坡

设若这里有几只蝴蝶，设若这里有几朵让人动情的花儿，设若没有这儿……

那么，肖川就不会在这儿流泪了。

或许，他还能暂时抛却心里的烦恼而扑到那美丽的风景中去。他对大自然总是怀有特别深的情感。

然而，这都是假设的。

这里，只有非常茂盛的枯草，和几块灰青的山石。

于是，肖川果真流泪了。

他闭着眼，脸上满是凄楚幽怨的神情。几滴苦咸的泪水顺着耳根散落到山坡上的荒草地上，几棵草秆晃了几下，他躺着，可是一动没动。

“明天去学校收拾一下，就不要去了。”父亲的话和他淡漠的脸如同一个电影中的特写镜头，一起推了出来，定定地晃在眼前，那坚定的语音还在耳边铿铿作响。

又一串酸苦的泪滚出眼角。

是否是自己太软弱了，不去抗争呢？他记得昨晚听完父亲这句话时是回了嘴的。

“不，我要上学！”

“那有什么用，最多考上大学，还不是分配工作挣钱？一个月挣的那点钱，还不如咱们几天挣的多呢！”

肖川知道，这是实情。村里有许多人家里买了拖拉机，出去几百里卖瓦，二分钱一片的可以卖到两毛，一次可挣一百多元。有许多人家卖瓦简直到了卖命的地步，夜里两点钟就出车，直到第二天深夜才回来，如此循环往复。

可是，这一切都是为了什么呢？按说，村里人差不多家家都买上了电视机等贵重家电，粮食都往外卖，万元户遍地都是，还要拼死拼活挣那么多钱干啥？

肖川不明白。人们的物质生活是提高了许多，可是思想为什么那么僵化呢？如此努力地挣钱，却只是为了简单的享受，更谈不上远大的理想和为国家作什么贡献了。难道这是一种突然富裕后的发狂，是对以前贫穷生活的一种疯狂报复？

肖川不明白。

他清楚地明白，他们这样努力地干活，并不是为了给国家创造什么财富，他们没有那么高的觉悟。而且，虽然父亲不说，他也知道，这些钱来得不光彩，不地道。

二分卖两毛，这已够“残酷剥削”了，可是，这还要让你高高兴兴地受骗。这是一些瓦厂廉价处理的外表华丽实际上水一浇就散架的未烧熟的瓦。他们专门去卖给那些偏僻地区并不懂行的人家，既赚了钱，又让顾客看着满意，从而堂而皇之地吸上别人几口血。

想到这些，肖川就感到心酸，不仅为卖瓦者的残忍，也为买瓦者的无知。

可是，这些剥削者里就有自己的父亲，自己无时无刻都在用着剥削来的不义之财，更何况，几天后世界上又会多一个剥削者。

肖川的心绞了起来，他翻了一个身，把头埋在了柔软的山草之中。

天很晴朗，阳光暖融融地照着，使这冬日的荒山罩上了一层暖意。

这要是在往常，肖川会很兴奋的。可是现在，这已不能引起他的丝毫快意。他的心里，早已被悲伤的心绪所缠扰。

父亲讲完那番人生哲学后，便出去了。肖川一句话也没再说，他知道，抗争是没多大希望的，那只能享受一场“农村式”的哲学教育，他怎么不知道父亲雷厉风行的性格？

这时他感到农村孩子好苦，虽然他深爱着他的家乡。

在这之前，从父母的对话中，肖川就听出了自己的命运将会如何。对于父亲，他不惊奇，原先父亲就不同意他上高中的。可是现在连一向疼爱他的母亲也这样认为，使他筑起来的准备反抗的墙一下坍塌了。

肖川知道，在农村，父亲是至高无上的，是家庭说一不二的绝对权威。

他感到世界小了许多，窒闷得有些喘不上气来。

一串串孩子的鸟雀般的欢叫声从远远的村子里传来，纯真无邪，如同一缕缕柔情似水的光在流泻着，肖川的心被深深撼动了，那声音里面就有他。

那时候，父亲和母亲拼命干活，将挣来的填不饱一家人肚子的饭塞进孩子的嘴里。

那时候，即使苦，父亲还是咬牙供他上学。父亲很要强，他不能让自己的孩子看着别人家的孩子上学。

那时候，肖川是幸福的。放学回来，他跟伙伴们一起将那无忧无虑的笑洒向世界，于是世界在他们眼里显得无比美好。

那时候，肖川没有感到什么苦。

他很少哭。

现在，他已是泪流满面，既为即将失去的童年，也为——童野。

他们是从小在一起长大的，等到一起进了中学，虽然不能像以前那样无拘无束地玩耍，但是俩人的感情还是跟以前那样的亲密。

贫穷的家乡富裕了，俩人由衷地高兴，对于未来的生活充满了憧憬。

可是，童野却再也不能跟他一起上学了。

改革，给目不识丁的农民带来了富裕，却无法使他们那几千年来传下来的小农思想得到根本的改变。

于是，童野便理所当然地做了牺牲品。

“肖川，你要好好上，争取考出去，我，就这样了……”童野的话里有一股深深的酸楚，呛得人难受，这是一种努力后的无可奈何。

那时候，肖川只感到脑子里在翻江倒海，一股咸苦的液体直往上撞，世界仿佛消失了。他一把抱住了童野，两个人的眼泪互相打湿了衣裳。

从此，那压抑的哭声就深深印到了肖川的脑海中。

肖川的心完全被那悲伤的回忆浸碎了，他将头深深地埋到了萋萋的荒草中。

阳光好暖，冬天的寒气被一丝丝地逼到了遥远的地方，天空湛蓝湛蓝的。

荒草间的碎光不规矩地跳动着，如同一个个不安分的精灵。草被染上了一层橘黄色，伴着些杜鹃红，便有些金碧辉煌了。

山野间很静，孩子们的喧闹已然逝去。气氛好恬淡，好肃穆。时间在不知不觉中流淌着。

肖川就这样趴了好一会儿，他的心渐渐平静下来，翻了个身坐了起来。

他顺手捋过一根山草，想把它扯断，可是草很有韧性，一下子又弹了回去。

肖川心里一动，像突然发现了久寻而没有找到的东西，他的眼神放射出一股希望的光。

“不行，不能就这样牺牲自己，我要取得母亲的支持，我要说服父亲，我一定能说服父亲！终究，他们还是爱我的！”

肖川站起身，用力地掀翻了一块石头。

山谷里传来了铿铿的回音，久久地在山间回荡……

静静的果园

“这时他们可能还来不了，咱们在这儿歇会儿吧。”子阳提议说。

于是，两人就坐下了。

这是一个山口处。正是深秋，山上的草都枯黄了。阳光却不太冷，懒洋洋地照在山草上，散发出一种苍黄的光，却也有几簇是淡淡的杜鹃红。

两边的不算太高的山夹着一条弯弯曲曲的山路，在阳光下泛着土黄色的光，明亮清晰地展现在眼前，很让人感到亲切。

这时，一阵风吹来，却也不太冷。山上的草一律倒向一个方向，柔和得如同一床绵软却是平展的地毯。小路上的尘土被吹走了一些，于是阳光就显得有些浑浊。

山野很沉寂。

“志民不会跑空吧，人家能来吗?”子阳终于打破沉寂说道。

“没问题，已经说好了的事，再说还有志民的哥哥，他好意思反悔吗?”童辉好像很有把握地说。

“可是，就凭咱几个，人家能相信吗?”子阳还是有些不放心。

“咱们怎么了? 你还自轻自贱吗?”童辉扭头看了子阳一眼。

“那倒没有。可是，可是……”子阳终于还是没说下去。

两个人又沉默了。

想了一会儿，童辉抬头看了看太阳，说道：“快中午了，咱们还是先到果园看看吧。”

两个人又沿着这条小路向前走。爬上山口，眼前便开阔了。右面的山坡上，有一片果树林，林子不大，可是远远看去，树叶却显得很繁密。林子中间，孤零零地有一间小屋。

俩人的心情忽然变得活跃起来，脚步也轻快了许多。

前面路的右边又岔出了一条更小的路，并肩刚可以走俩人，他们便转过身，顺着这条小路走了。

时候不长，两个人来到了一片果园里，四下打量起来。

因为是在山坡上，这里的地势有些倾斜。果树也不算少，大多是苹果树，间或也有几棵梨树和桃树。树上新发了许多嫩枝条，绿绿地好像要溢出水来。树下积满了残枝败叶，还有几棵已枯干了的果树，又给果园罩上了一层破败的景象。

子阳和童辉又每个地方都走了走，他们已是不止一次地这样看了。

“树木疯长得太厉害了，没有一点攒头，坐果一定少，倒有些像白杨了。”子阳看着一棵棵只疯长树冠的树，忧心忡忡地说。因为阳光冲眼，他半眯了眼。

“是呀，看来也要先剪剪枝呢!”

俩人边说边来到一间小屋里。

“哎呀，你看，那不是来了吗?”童辉忽然兴奋地喊起来。

前面那条大路上，迎面来了两个骑自行车的人，正是志民和请来的技术员。

志民看到他们过来，摇响了一串铃声。

子阳和童辉赶忙迎上前去。志民和技术员下了车。

志民介绍道：“这就是我们的技术员石磊同志。”

“欢迎欢迎！”子阳和童辉笑着说道，犹豫了一下，俩人终于还是大方地向前握了下手。

“是不是先回去吃饭？”童辉问志民。

“不了，我们已经在县城里吃了。”石磊笑一笑，终于开了口。

子阳和童辉发现，他有一口很白的牙齿。

“那，咱们现在就进去看看？”童辉好像是征求意见，但却推起了石磊的车子，领头向小屋走去。

这时，子阳才在后面仔细打量了一下石磊。他的个子不很高，却有些清瘦，穿着一身笔挺的西装，走起路来颇具风度。

子阳在后面暗自笑了笑，扭头向志民使了个眼色，用手指了指自己的眼睛，意思是说石磊是一个弱不禁风的知识分子。

“就你们几个？”石磊边走边问童辉。

“不，还有一些呢，我们的几个朋友也打算入进来。”

“哦，那什么困难你们都考虑了吗？”

“我们想了，没多大问题。组织的事，由我们出面去处理，技术上，就要靠你了！”

“哪里哪里，一起摸索吧！”

走到小屋前，子阳招呼道：“先进屋歇歇吧！”

屋里摆设很简单，一盘土炕，上面放着几床被子，墙角处摆放着一些坛坛罐罐。

四个人在炕上坐下来。

“你们是怎么想起要承包这片果园的啊？”

“唉，说起来话长！不瞒你说，主要是为了谋生吧。这样说也许不太恰当。我嘛，在学校出了点事，跟老师闹僵了，就退了学。他们两个嘛，自认为考学也没什么希望了，还差几个月毕业的时候就干脆退了下来，学校答应给发毕业证。回来了，就不能在家里闲着吧！现在的农村人嘛，也不能老是种地，可干什么呢？商量来商量去，正好这个果园的承包人弄得很不景气，人家要转让出来，我们几个合计了合计，一咬牙，就包下来了！”童辉看出这个技术员还算和蔼，就无拘无束地和他谈了起来。跟技术员搞好关系，这可是以后的关键呢。

趁他们说话的当儿，子阳悄悄问志民今天去请技术员的情况。志民告诉子阳，多亏了他哥担保，人家才肯来，也是好费心机。总算说好了，这几天不算，以后每月来指导两次，别的事都由他哥来应付，子阳这才一块石头落了地。

说了一会儿，石磊站起身来，“咱们还是出去看看吧！”

四个人在果园里边看边走着说。

石磊看了看疯长的果树，回身说道：“应先剪剪枝了，不然这样疯长，只能浪费养料。”

“是啊，我们也这样想，也查了好多资料，可是具体怎样干，还得你来指导呢！”子阳说道。

几个人走到一棵枯死的苹果树面前，石磊站住身。

“这些死了的树要尽快刨出来，然后再补上一些。另外，果树的间隙，可以种上些地瓜、花生什么的。”

石磊忽然像想起了什么。

“水和肥的问题你们想过了吗？”

三个人怔了一下，童辉回答道：“水嘛，山上有个泉眼，可以把水引下来，可是，肥料呢？只凭自家养猪，好像不太够，我们还没有想到很好的办法。”

“这个问题很重要，回头一定要处理好！”

石磊提了好多建议和要求之后，拒绝了大家的邀请，一个人骑车回去了。

三个人送走了石磊，重新回到小屋，商量如何搞到肥料。

“化肥，就只有靠我哥了，可是粪肥呢？”志民望了望子阳和童辉。

议论了一阵，谁也没有好办法。忽然，子阳一拍大腿，跳下炕来，惊喜地说道：“咱们学校不行吗？正好离这儿不远。”

“可是，能行吗？再说，谁去联系？”童辉没打起多少精神来，可他也不得不承认这是一个好办法。

“你当然是不能去了，那，只好就我去了，不行就这么定吧！”志民很有信心地说。

第二天，志民去了学校，临走时装上了一包“云门”烟。子阳和童辉就留在果园里整理收拾。

他们先把几棵枯死的树刨出来，把枝杈折断码在小屋旁边，又把落叶都划拉到树根底下。

俩人说着话，谈着今后该做的事，没感到怎么累，这些活儿就干完了。然后，童辉去修理水道，好让山泉能畅通地流到园里，子阳把一些杂生的荒草除去。

直到中午，志民才回来。

“怎么样啊？”子阳急急地问。

“唉，总算办成了。学校里总算还没有太为难我，教育我一通后，让我去找后勤处商量，一盒烟全分完了，最后才答应匀一部分给咱。我想，暂时没多大妨碍，就先定下了。”

他转过头去对着童辉说：“哎，童辉，我还看见夏晓卉了！”

“她说什么了吗？”童辉平静地问。

“没说什么，只是祝我们成功。”

童辉没再作声。

下午干活的时候，童辉有些分神，他的眼前总是闪现出夏晓卉的身影，以前的事断断续续地出现在脑海中。

高二的时候，他和夏晓卉曾经同桌过，高三分开后关系还是很好，他们的感情很纯洁，没有人说什么。可谁能想到，就是因为那重关系，童辉最后被迫退了学。

一个晚上，自习后，天已经很晚了。夏晓卉做完作业，抬起头来，班里的人已走得差不多了。她跟童辉正常打了个招呼，出去了。她不住校，还要回家。

可是没多久，她又回来了，走到童辉身边，看了看他，好像要说什么，可又没开口。

“怎么没回去啊？”童辉随口一问。可是他又看到了夏晓卉迟疑的表情，“怎么，有事吗？”

她的脸红了红，鼓了鼓勇气，终于开口了：“跟我一块儿走的同学已经先走了，我一个人不敢回去，你能送送我吗？”

“这有什么不能的，好，这就走！”童辉站起身，收拾好书，就同她走了。

天很黑，路上俩人都没太说话，送到夏晓卉的村头上，童辉就回来了。

可是第二天，童辉就莫名其妙地被班主任叫到办公室，无端挨了一顿训。事后他才回过味儿来，原来是昨晚送她的事不知谁告诉了班主任。

童辉非常气愤。这有什么？我又没做什么出格的事情，你凭什么把我劈头盖脸地尅一顿。他感到很冤枉，一气之下，他去找了班主任。

“老师，我又没做什么坏事，你凭什么那么说我！”他的话很冲。

“男女同学，你送我，我送你，算什么啊，影响不好！”

“昨晚夏晓卉的同伴早走了，她不敢回家，我送她回去，有什么错？”

“这个很难说！”

班主任一脸的轻蔑和鄙夷以及不屑一顾的表情彻底把童辉惹恼了。他红着脸说：“说句不好听的话，如果遇上这种事的不是夏晓卉，而是你的什么人，你怎么对待？你也坐视不管吗？”

谁知道，这句话把班主任彻底得罪了。这以后，各种小鞋便套到了童辉的脚上。

童辉气愤不过，大闹一通，一直闹到教务处、校长室，可是，没有结果。最后的结果是，他终于被迫退了学。

想到这些，他就气闷。虽然以前就厌烦透了枯燥的学习生活，可是始终没料到是因此而退学，他感到心底里很大的不满足。

事后，夏晓卉要去找班主任，但童辉劝住了她，他意已定，就不要再去自找麻烦了。

她感到很对不住他，说是害了他。他给她解释了好一通，让她不要有思想负担，争取考出去。

现在他想，但愿她能平安地度过中学生活。

阳光暖洋洋地照着，从树缝中筛下许多跳动的光束。

看到在果树中流离的光影，童辉又释然了。生活就是这样，没有过不去的。

只要对得起自己了，只要问心无愧，只要生活的还算充实，你还奢求什么呢？总归这个世界上，什么事也该有人做的。做什么，也不会一帆风顺，总会有挫折的。这些不可不想，可也没必要多想，不要再人为地给自己制造困难，就够了，失意也总会过去的，遇到山再开路吧，生活还有好多希望呢。

童辉扔出一块搬着的石头，向也在沉默的子阳和志民说："什么也别想了，一切刚开始，还有好多事要做呢！"

石头顺着山坡滚了下去，那回声盈满了山谷。

路的变奏

这里以前是沙子路，现在是柏油路。

沙子路车压上去不颠，而且发出一种柔和的很舒服的声音，但汽车一过，便尘土飞扬。

柏油路上很净，油油地发亮，上面长满了麻坑和鼓包，车子一上去便像要飞起来。

沙子路是很早以前就有的，袁野没有见过当时是怎么修的。

柏油路是去年修的，袁野见过。

听老人讲，修沙子路时人们是敲锣打鼓的。

袁野见过，修柏油路时没人敲锣打鼓。袁野还知道，老全大叔骂过它，但他不说。

去年秋天，沙子路上来了一群人，于是就有拖拉机、汽车向沙子路上拉石头、沙子，于是那群人就在沙子路上铺石头，撒沙子，沙子路还是沙子路。

沙子路铺了许多，又来了许多拉“臭油”（沥青）的车，就见许多披黑雨衣的人手里拿着一根喷雾器上的喷管将那黑糊糊的臭油喷到新沙子路上。

于是，沙子路变成了柏油路。

铺石头的人好像都有一手，他们铺的石头看上去很平整，再用沙子一盖，用“臭油”一喷，就更平整了。有许多孩子上去溜滑（冬天溜冰的一种俗称），却都没溜动，鞋子差点就铺在上面。

铺石头的人技术很好，他们铺得又快又平整。

又过了许多天，来了两个用碾磙子做轱辘的庞然大物，在柏油路上碾来碾去，就是不肯离开。

于是就出现了那些麻坑鼓包，于是柏油路上就不暴土了。

听老人说，沙子路很古老很古老的。

袁野知道，柏油路去年刚修起来。

沙子路变成了柏油路，人也多起来。

在沙子路上，袁野很少看见骑车摔倒的。

在柏油路上，袁野常见。

袁野爱看热闹。

袁野知道，想看热闹，就得去那个大锅似的地方，那里的柏油路病得特别厉害，麻坑鼓包也多也大。

那天，老全大叔骑着一辆老牌自行车，如泉水叮咚般地奏着乐从“锅沿”向“锅底”飘来，那车很调皮，袁野知道。

袁野看见，老全大叔骑着车快到“锅底”时，他听到车子奏了一个高拍，车子好潇洒地一跳，跳得跟朱建华一样高。袁野知道，朱建华是跳得很高很高的。

袁野看见，车子和老全大叔都躺在柏油路上耍赖，车子还调皮地爬到了老全大叔的大腿上，但是不奏乐了。

赖了一会儿，老全大叔做了一个俯卧撑，又一个立卧撑，站了起来。袁野知道，这两个动作是挺难做的。

袁野看见，老全大叔的脸上很好看，红膛膛的腮边抹了几块毛茸茸的东西，便很好看了。

袁野听见，老全大叔在骂车子：“你奶奶个×，我×你娘!”他还是把车子搀了起来。

老全大叔还骂起了那些修柏油路的人，骂得很难听，袁野知道，但他不说。

老全大叔又奏着泉水叮咚的曲子骂骂咧咧地上了柏油路。

袁野很兴奋，袁野爱看热闹。

有沙子路时，袁野不兴奋。

以前这里是沙子路，现在是柏油路，袁野知道，这是去年修的。

于是原野便经常兴奋。

袁野经常到“锅底”去玩，他还看见老全大叔常从这儿奏着曲过。袁野爱看热闹。

以前沙子路上跑过汽车，但不多，现在柏油路上还跑汽车，但多了，而且还有红色的很干净的小轿车。

前几天在“锅底”，袁野又兴奋了一次。

两个青年从两边“锅沿”同时奏着泉水叮咚的曲子下来了，袁野很奇怪，怎么过这儿的人都奏这支曲子。

俩人同时飘到了锅底，同时跳了一次朱建华飞越，同时躺在了柏油路的麻坑和鼓包上，两个人的头同时很响地亲了一下，也有了鼓包，但没有麻坑。

袁野看见，俩人同时做完了俯卧撑、立卧撑之后，又摔起跤来，也骂些难听的话，袁野知道，但他不说。

两个人摔够了，又同时带着很好看的脸，奏着泉水叮咚的曲子走了，他们没骂修路的，但他们想骂，袁野知道，但他不说。

袁野还没兴奋完，那边的“锅沿”上就又来了一个。

袁野看见，那是一辆沙子路上没跑过的红色的很干净的小轿车，那上面的玻璃亮晶晶地直晃眼。

袁野听出来，这辆车奏出的泉水叮咚不如老全大叔他们奏得亢奋，音调很低。

袁野看见，轿车飞到锅底时，跳得也不如老全大叔他们高，更比不上朱建华。

袁野看见，轿车一跃之后跟牛放屁似的响了几下，便卧在了柏油路的麻坑和肿瘤上。

袁野看见，从里面走出几个穿得很好看的人来，还有几个头发是卷黄的，眼睛很蓝，很怪。他还听见这两个人嘴里好像有什么毛病，叽里呱啦不知说些什么，袁野使劲听，却听不出来。

袁野看见，几个人趴在车下倒腾了一通之后，便又上车奏着那低调的泉水叮咚爬走了。

这些，沙子路上从来没有，袁野很兴奋。

这里，以前是沙子路，现在是柏油路，那上面长满了麻坑和鼓包。

过了几天，袁野又见到柏油路上来了一群人，拿着铁镐什么的，里面有个穿的很好看的人，袁野认得这就是那个跟两个黄卷发、蓝眼睛、说话不清的人一起的人。

袁野看见，这些人刨开了柏油路。于是，柏油路又成了沙子路。

袁野又看见，这些人在铺石头，袁野认得，这还是以前的那些人。

这些人铺石头也很有技术，铺得又快，又整齐，上面再铺上沙子，一些还是以前的披着黑雨衣的人再用那喷雾器的喷嘴喷上“臭油”，于是，沙子路又变成了柏油路。

铺石头的技术很好，铺得又快又整齐。

又有几辆碾磙子做轱辘的庞然大物来了，在柏油路上来回地碾，于是柏油路依然很平整，很洁净，不暴尘土。

袁野还到锅底去玩儿，袁野爱看热闹。

可是，这次袁野不兴奋了。“锅底”再也听不到泉水叮咚的曲子，也看不到老全大叔他们跳得比朱建华还高，做很难的俯卧撑、立卧撑，脸上抹得很好看，骂那些很难听的话了。

从这以后袁野不常去“锅底”玩儿了。

这儿很早以前是沙子路，车子压上去不颠，而且发出一种柔和的很舒服的声音。

后来，这儿又是柏油路，路上很净，油光光得发亮，但上面长满了麻坑和鼓包，车子一上去便像要飞起来。

再后来，柏油路又成了沙子路，但上面没走过车子。

现在，这儿是柏油路，路上很净，油光光的发亮，也很平整，不暴尘土。

以前的沙子路，后来的柏油路，再后来的沙子路，现在的柏油路，袁野常去，袁野爱看热闹。

忆校园

校园的日子编排得如同时钟那样准确，每天都是差不多同样的那些东西。

随着第一声起床号响，沉睡了一夜的心也开始苏醒。一天就慵慵懒懒地张开了它苍白的脸。

清晨应该是很美妙的时刻，可是时间很短、很匆忙，来不及做什么事，它便慌急着要走了，因此也便没有几分的快乐可以记忆。最得意是在广播中听到中国人在赛场上取胜的消息，然而这样的时刻毕竟又很少。

于是日子就显得很平淡、很荒凉。接下来的学习是不太打紧的，有足够的时间和精力来对付它，只要精心便是。就这样，半天平静地过去，日子留下一段长长的空白，等着自己去补填，只有这一段时光，好像是真正属于我的。

梁实秋说过："我不打发日子，日子天天打发我。"有许多时候，我也陷入过这种无聊而又寂寞的境地。于是就很想过有意义的生活，便努力地去模仿别人的好经验，可学来学去总也不像，我还是我自己，也就认了。我悟出一个道理：只要别对生活祈求得太多，按自己想的去过，世界在眼里就会永远是一个快乐的影子。

我便拥有了自己的一个天地，日子的脸在我眼里不复是一片苍白，而是丰满圆润起来。

我爱群居，跟朋友们聚在一起聊聊天，可以采撷到许多有趣又有益的东西，那时很快乐；也爱独处，一个人静静地思想，可以不断认识检点自己，独享一段美妙恬淡的时光，那时，也很快乐。

我感到我的生活在很多时候没有它的主题思想，只是零零碎碎地串成一天一天。真的生活，也许就是这样平淡而又无奇的吧。

到了下午静静地温习完功课，有朋友从远方寄来了他们的喜怒哀乐，我便跟着他们的喜而喜，忧而忧，然后或复一份同乐，或寄一丝安慰。

之后去尽兴地踢一番球，晚霞已烧红了半边天空。一缕缕艳红透过树缝洒遍世界，火红、金黄、碧绿把黄昏的校园装扮得圣洁而又恬静。这时最惬意便是缓缓地散散步，领略一番别有风味的多情时光。

于是一天就剩下了一个小小的尾，等着我来收。

阅览室的灯光下便时常有我的影子了，那是最美妙的时刻。一切不快、忧虑都跑得无影无踪，我沉浸在那一个个悲欢离合的故事中，随着那些主人公去跋涉荒野，去探索人生，去解生活的谜底……我的心不断地升华，我觉得，我已拥有了最幸福的世界。

我把这一切都装进日记中，然后满足地躺到床上，心里明亮而又舒适。宁静的校园，悄悄地把我带入梦中。

日子就是这样，编排得如时钟那样准确，一天接一天的，如此平淡和零碎。

晚霞中的林荫路

农村的林荫路，虽坑坑洼洼，走起来颠簸不平，我却深爱这铺满草香的故乡的缩影，尤其是雨后夜幕将至，晚霞拂面的时候。

雨过天晴。

时近傍晚。

故乡的林荫路。

两边梧桐宽大的叶子衬出一片片光怪陆离的斑影，在溢满雨水的小坑里影子般地晃动。叶子上茸茸的细毛被雨水润湿了，更显出一片温柔的翠绿。树下一片纤绿的小草，努力地吐纳，于是恬适的空气便盈满了空间。

在这被雨水抹平的林荫路上，我总有一种不同于往常的感觉——好像是比平常多了些什么。究竟是什么，竟一时也想不出。

呵，想出来了！那是一条溶在水里的红光，长长的，像一条不慎失落的红绸带。那艳艳的光影，使我产生了极大的冲动，我努力地想捕捉它那神韵丰盈的倩影，却总也到不了它的跟前。那条令人神往的红绸带，好像在和我捉迷藏，你向前，它也向前；你站住，它便不动。看着近在咫尺，却又似乎那么遥远。一种可望而不可即的失落感，痛痛地按回了我那几至不能自抑的欲望——这到底是得不到的幸福啊！

我怏怏地抬起头，这才惊喜地发现，树叶也抹上了淡淡的玫瑰色，缠绕在摄人魂魄的梦境之间，那曼妙的交响乐！

温润的空气和淡雅的草香也融在了这轻纱般的红光中，令人局促不安的舒畅，却又不能具体说出它的好处来，只是朦朦胧胧地在潜意识里，感觉它清新、温脉、恬适、怙静……还有什么呢？好像还有一些！

一群唧唧喳喳寻蝉蜕的孩子从眼前闪过，带着童心。前面一只正在洗漱的麻雀扑棱惊起，汪汪的小坑里便泛起了涟漪。红飘带于是翩翩摇动，婉转的，恰似嫦娥身上缥缈的玉带。

我的心在剧烈地颤动，不自觉地产生了种种遐想，几乎要醉倒在这人间仙境之中。

晚霞在即将逝去的最后时刻，无私地奉献出了自己最后的光热，反倒达到了高潮，留给俗间一个玫瑰色的高尚的梦。

哦，这沐浴在晚霞中的林荫路……

盛开的野菊花

杨帆，如果没记错的话，咱们分开已经有五年多了。

我还记得你走的那一天，是个雨潇潇的秋日。

那天，我跟往常一样地去学校，可是第一次发现，教室里竟没了你的身影。

你向来是去得很早的啊！

顿时，有一种反常的气氛笼罩在我的心里，我感到一定是发生了什么事了。

果然，从别的同学口中得知，你竟然不辞而别了。

听了这个消息，不啻一个惊雷在我心头炸响。为什么？你为什么这样做？虽同窗只一年，可咱们情同手足，志同道合，校园里处处留下了咱们的欢声笑语，而你竟置那浓浓的情意于不顾，悄悄地走了，抛下一个孤独的我，失落的我，一个人走了！

为什么？我吃惊，我纳闷。我使劲地找各种答案，想知道你这样做的目的。我只是深深地埋怨你：你伤了你最好的朋友的心了。

五年来，我不止一次地托人打听你的消息，却总无音讯，直到前天才偶然听说，你退学后，在你们的山村当了教师，做了“孩子王”。

我惊讶、怨恨，我为你抱不平。曾经才华横溢的你，最有希望考出去的你，怎么能半途而废当乡村教师呢？我并不是看不起乡村教师，只是，这太委屈你了，你的满腹才气，你的远大志向，就这样被埋没了吗？我知道你不会就此消沉，一蹶不振，可是，你真的是应该坐在那美丽的大学校园里的啊！

记得那一个深秋，在田野的沟畔，我们发现了一束金黄的野菊花，正悄悄地喷吐着它的芬芳。

你说，你们那偏僻的山村，到处开满了这种野菊花，你最喜欢晚上睡觉前折一束放在枕边，嗅它那素淡的馨香。

你还说，你们那山村，教育很差，很落后，你能来这儿读书，多亏了村里的人极力促成。

你说，你将来要为山村做些事情，来报答乡亲的培育之恩。

说这些的时候，你那明亮的眼睛洋溢着诚挚和纯真，那时我忽然发现，你真像一束美丽盛开的野菊花。

可是你的这些话，以前从未认真想过，直到今天，我才恍然大悟：回到山村，才是你的志向啊，这正是你对家乡的一片深情啊！

我真正理解了你那颗野菊般质朴的心了。

五年来，我无时无刻不在想念着你，常常是梦中醒来，泪湿枕畔。

五年哪，五年的思念怎么计算？

我也敢肯定你没有忘记我，可是为什么不把这一切早告诉我，是对我不信任？

不会的，我深信你不会那样。

那么，就是有难言的苦衷了，你是怕影响我的学业吗？殊不知，这样会更牵动我的心思啊。

你这样做，太残酷，太无情了，你知道你怎样重重地划伤了我的心吗？

按说，挚友的心是相通的，无需过多的解释，可是你总不该给我留下这么一个难解的谜语，让我百思不得其解。

你知道，杨帆，我是多么深深地埋怨过你啊！

如今，野菊花又已烂漫地开在崖头、沟畔，我多想采一束亲手把它放到你的枕边，可是我不能。那么，我就采一束放在我的枕边了，就算是你的，好吗？！

杨帆，我的美丽的野菊花，何时再见你盛开在我的身边！

心　事

老想把那个飘浮不定的字
从你的口中
牵入我心

费尽等待
启开艰难的皓齿
觅得几穗收获
悄悄记在心底
捎回去回味
咀嚼
它的含义

苦思半天
顿悟
那意思
很满
也很空

毕业生

别人都说，泪，不要挂在脸上，而应藏在心里。可是在这个特别的时刻，你还是让它热热地溢出了眼窝。

谁说的，眼泪是软弱的表现？可我也流了，但我以百分之百的自信说，我不软弱，你也不软弱。

举起杯，不要犹豫。我用眼睛告诉你。

铮的一声玻璃的碰撞声。我看到你的脸微微地红了，像那次我们吵架的样子。

我们默默注视，我无言，你无语，任泪流。

无数的话语涌到胸口，可你我不能开口，难道还怕不知彼此的心迹?!

还记得那次在杨花飘飘的树下，我们两颗倔强的心融合了，要做那穿行在逆风恶浪中的航船、那翱翔苍穹的雄鹰、那驰骋草原的骏马……

所有的一切都随着风儿飘去了：槐花飘香的树下那面红耳赤的争吵，柳眉拂脸的树丛中那天真大胆的憧憬，凉风习习的校园小径上那无忧无虑的笑声……

现在，又已是槐叶飘香、杨花飞舞，我们却就要在这时候分手了。

几年的时光如水一般从身旁悄悄流去，友谊却深深滋长在了彼此的心底，任风吹，任雨打，爱心永不死。

莫只追忆那略带酸苦的梦了，谁都喜欢那鹅黄绒毛的雏鸡，却谁都盼它长大。

尽管我们将天各一方，心却是彼此相通的。天涯处处有芳草，又怎能过多留恋那已不再属于你我的时光？

擦干眼泪吧，莫要打湿了记忆，过去的你我不能留住，未来却属于我们。

“唱支歌吧！”我说。

你昂起头，以你那执拗的自信写出了一曲苍凉的曲子，如同是在告别那萧萧劲风寒寒易水。

我好辛酸，又一股发咸的液体向上涌。你不能，我命令自己的情感。世界在眼前失去了色彩。

我忽然奇迹般地发现，我能控制自己了，我已不再是那骄傲的但却是鹅黄的雏鸡了。我属于男子汉，我为你，为他，为我，祝福，激动！

你把留言本递过来，我没有考虑，用真诚的心写上：我们今天是桃李芬芳，明天是社会的栋梁。

天无言，地无语。

同学，伸出手，挺起胸，共同道一声珍重吧。要记住：明天，还是要继续！

困惑

人的心理有时就是这么的怪，你没有的时候，心里千万遍地祈求，希望有一天能得到它，可是等你真的拥有了，却又发现并没有原来想象中的各种妙处，甚至于给你引出许多的烦恼来，让你哭又哭不得，笑又笑不得。

我是一个足球迷，酷爱足球到了疯傻的地步，每逢国内外有重要赛事，即使无缘亲临现场一看，也必定要千方百计地找到一台电视看看直播，来过把球瘾。这个要求其实并不过分，可是对于我们这些出门在外的单身汉来说无异于一场生死攸关的战争，所受的委屈和苦楚绝不亚于球场上的任何一名球员。那时，为了找到一台能归自己支配两个小时的电视，可以说是费尽了心机，亲戚、同事、同学，就连刚刚认识不几天的朋友也成了筛选目标，总是最后咬牙定下一家，找各种借口登门拜访，然后挖空心思地诱导主家把电视调到既定频道，还要如说客般地大肆鼓吹足球的好处，以使主人不至于中途变卦，调到别的节目上。那种唯唯诺诺、看别人脸色的滋味实在难受，但是这比起待在宿舍里的那种坐立不安、牵肠挂肚来，又不知要舒服多少倍。无论如何，球总算看上了，别的好像都无所谓了。可是并不是每次都能成功，往往有的时候凑巧与主人喜爱的节目冲突或是诱导失败，那可就惨了，走出家门简直如丧家之犬，不知该何去何从。说来笑话，那时为了看场球赛，都到了不择手段的地步。商店、单位集体宿舍，甚至于旅馆都成了我们的涉猎目标。心中只有一点，只要能看上球，怎么都行。于是在兴奋过后就暗暗发狠，以后无论如何，一定要先买上台归自己支配的电视。

现在好了，终于有了自己的电视，我可以随心所欲地把频道调来调去，再也不用担心有人来抢我的球赛，再也不用处心积虑地为看一场球赛去四处奔波了，那份激动不已的心情简直比娶了新娘还有过之而无不及。

可是这样的时间久了，我隐约地觉出有一丝不对劲来，好像也没了以前的兴奋和冲动。而且，我在空闲之余，竟不时地品出种种的烦恼来，这究竟是为什么呢？直到有一天，我的心头豁然一亮，看出了这里面的根源：电视是有了，球赛也可以风雨无阻地尽情去欣赏了，可是，随之而来的，这东西也给我带来了极大的惰性。既然是属于自己的，除了球赛，别的节目也都开始一览无余，于是，悄悄地，电视把我的业余时间占去了绝大部分。书也不再去读，字也懒得去写，我吃惊地发觉，我已经完全堕落于这小小的荧屏方寸之中，真是做梦也想不到的事情。想到这，真想把电视砸了，还是回到那种四处奔波求索的年代，可是恨终归是恨，无可奈何，只有重新祭起意志的大旗，与这小小的阴谋家做起抗争，或许，这才是走出这困惑的唯一选择吧！

串钱

医院里人真多。

真不知道为什么会出现这种情况：生活水平不断提高，而人的疾病却也随着越来越多了。

“三十五号！”好不容易听到这渴盼已久的声音，甘兰有些激动，几乎是手足无措地跑进病房，把病历毕恭毕敬地捧给那此刻正掌握着自己生杀大权的“白衣天使”。

“三块钱！”一个犹如冬天的声音从那冷冰冰的“白大褂”后面传来。还好，多亏还是夏天，要不真会让人着了凉，没病也要大病一场。

甘兰忙不迭从口袋里掏出五块钱。

“找不开！”又一个声音干脆地甩出来。

甘兰急忙翻遍自己的口袋，可就是邪门儿了，无论如何也凑不出那三块钱来。

“我能先把病看完，再把钱送来吗？”一浪高过一浪的肚绞痛使甘兰无法忍耐。

“不行，没这规定！”越来越冷的声音使甘兰不敢再抱一丝奢望。

没办法，只好出去串了。

还好，走出医院门口，就是一个百货商店。甘兰急匆匆地走到柜台跟前。

“师傅，麻烦你给串开五块钱好吗？”

“不行，我这也没零钱!”那师傅的脸上一下子没有了笑容。

甘兰只好走进另一家副食店。卖些家家户户都用的东西，总该会有一些零钱的。

“老师，麻烦您一个事：我去医院看病，找不开钱了，您能不能把这五块钱给串开?!”

“没有!”正忙着跟一个女售货员聊天的收款员一句话就把甘兰给打到了冰窟里。

这样一家一家地跑，肚子越来越抗议的甘兰已是忍无可忍。

就在几乎绝望的时候，她猛地看到不远处有个卖冰棍的老太太。

“你买什么?”不等甘兰开口，老太太已是热情地立起了身。

“大娘，您看能不能帮我串开这五块钱，我去医院看病找不开了!”

“噢，姑娘，我这也串不开，你再到别处看看吧!”

甘兰失望地把钱揣到兜里。看来这病只有自己先扛了。

“吃支冰棍吧，看你的脸上那么多的汗!”老大娘倒是热情得让甘兰感动，看来，还是有好人啊!

也罢，先吃一支再说。甘兰赌气地想。

“多少钱一支?”

“一块钱!”

甘兰不假思索地掏出五块钱递过去。

很快的，一支冰棍和找回的零钱就递到了她的手里。

看到老大娘手里那一把崭新的一元钱，猛地，甘兰觉得天和地也抽搐了起来，冰棍砰的一声掉到了地上。

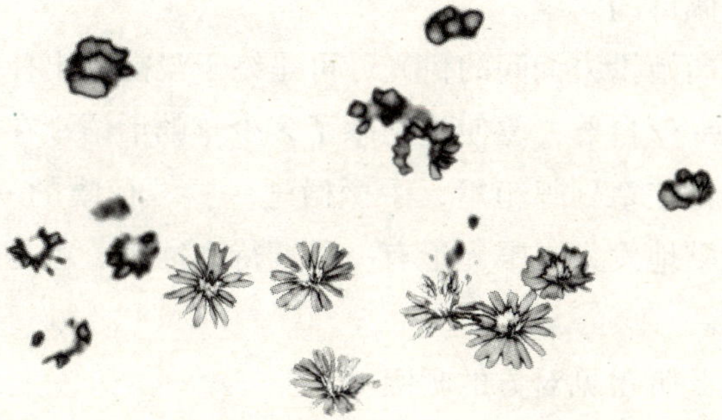

缘

在这之前，什么征兆也没有。所有的一切都如水一般，淡淡地来，淡淡地去。

他去邮局发信，她也去了。于是他和她就在这里不期而然地相遇了。

眼光一对，彼此都感觉好熟悉：这眼神，好像在哪里见过。

如同发现了记忆中苦苦追寻的东西，双方都有一种欣喜，有一种倾诉的渴望。

他向她投去询问的目光，可是终于没能说出什么来，一丝忐忑、一丝自尊，驱使他把憋了多少年的话语锁在了心里。

她把信塞到邮箱里，手微微地一抖，信噗的一声落进去。然后默默地发呆，眼光里有一种期待和冲动，可是也终于什么也没说。

彼此听得见对方的呼吸。

他和她同时叹口气，怅然地转身，走出了这邮局，谁也没有一句话。

距离越来越远，他和她同时回头，已看不清对方模糊的身影。

这之后，他和她再没见面。

野性小五台

引言

说起这次小五台之行，其实开始是我发起的，后来随着响应者的不积极，以及我的驴友的相继退出及各种不坚决的因素，我也逐步动摇以至于在心中取消了这次行动，再后来又重燃激情已经是多日之后的事情了。为解多年的心中之痒，我最终还是决定亲近一次小五台，于是才有了这次认识小五台的机会。

或许是为了应和这次五台之行的曲折，我们的行程也是异常地艰苦，一波几折。由于绿野的错误路线（其实每次的错误造成的结果都异常美丽），我们的车最终被困在了绵延数十里的太行山里，致使前进的时间破记录地达到了惊人的二十几个小时。等到天已蒙蒙亮，在车里用睡袋裹了一夜的众驴痛苦地发现，想短时间内疏通长达十几里的堵塞车辆简直就是天方夜谭（挺奇怪，后来的经历告诉我们，堵车在这一带是一件极具特色的事情，以至于培育出了一个高附加值的产业——摩托流动卖饭，倒也是为当地人创收的一个好办法）。经过短暂的商议，在被动和主动谁占主导的紧要关头，我们最终决定，弃车徒步走出太行。后来发现我们的决定是多么的明智，车子在山里整整堵了两天，要不我们就只能转车北京，坐公共回来了。还好，在十个人挤了一辆三轮车出山未果后，我们终于走出车龙而搭上了一辆高高的拉猪的大车，美丽而古老的太行山，我们就是在这样的车厢里发出了一声声的惊叹。太行的风景，是那种深闺中的清秀，在我看来，她的气质绝不啻于九寨沟，慨叹之余，我们也深深地庆幸这次堵车为我们的五台之行平添了一份亮丽，在此代表本次登山人员，向绿野先生致以崇高的敬意。鉴于本次的主题在小五台，所以太行山的风景略过不提，其实太行的美丽是惊人的。在这样的心境中，我们终于在下午时分辗转来到了小五台的山脚下。

野性的山

初识小五台，跟我多少次梦中想的一样：野山，这个定义直到今天我认为还是如此地贴切。她的野性不仅仅是体现在桀骜不驯的外形上，更主要的是她内心中蕴藏的深深的内涵，就跟所有融入小五台的“驴子们”一样，她有着自己丰富的个性和古井般深刻的思想，她是一匹难以管束的骏马，她是一个我行我素的印象派画家，她是一首激荡于山涧的朦胧诗，这就是小五台。

小五台的四季，迎面而来的分明就是深秋，漫眼的苍翠之中，点缀了一丛丛霜染的秋红，透着一股陈年老酒才有的深沉和美丽，这使我只要一闭上眼，就会电影回放般地忆起她的身影，以至于常常陶醉不醒。

刚进山，就遇上了一个欢迎的团队，无数的“咬怪”（昆虫里蚂蚱的一种，雌性蝈蝈）聚集在路上，好像正在搞什么聚会。这种景象，活了三十多年的我，一个以资深的专业捉虫选手自诩的我，还是第一次看到。人生真的是有许多的课题等着研究和开发，这或许也是小五台不同于其他山脉的一个例证吧。

进了山，也就扑入了小五台的胸怀，海拔每增加一二百米，季节就会有一个更替，只可惜我的气象和地理知识太欠缺，无法用专业的术语来描述，也是一个遗憾。因为在小五台，四季的变换带来的视觉上的不同及心境的变化是无时不在的。

伴着一路欢歌的小溪，行到海拔约 1300 米处，深秋的小五台就像一个性急的孩子，匆匆然跑进了严冬，葳蕤的青草不再苍翠，伴以厚厚的积雪，尽显浑厚和苍凉。流荡的溪水中间，时时冒出各异的冰雕，有水晶般透明的冰葡萄，有驰骋于山间的骏马，还有一串一串叫不出名字的野果。冰水澄澈清冽，沁人心脾，一路上我们就用它做水源，不管是生喝还是热饮，竟然没一个人闹肚子，可见小五台的厚道和包罗万象的宽容。

浑然天成的各种悬崖绝壁上，不经然冒出几丛野花，不多，就那么几束，孤独而倔强地迎风美丽，在寒气袭人的深山里，我不禁有了深深的震撼，个性鲜明，孤独特立，不为人识，幽兰空谷，这就是被我无数次唤做野山的小五台。

越往上走，草色越来越显出古铜般的底蕴，远远望去，一片片如精致的地毯，可是在这里，雪色却成了“近看遥却无”，这给我们的滑草带来了不小的困难。在滑行的过程中，深藏的厚厚积雪把每个人的裤子都悄悄打湿，野性的小五台，在跟亲近她的朋友们开着各种玩笑。

我想用相机拍下小五台带给大家，突然发现，这其实根本就是一个企图，就像我现在想用我的笔描述出小五台野性的美来一样，无论多么华丽的语言，无论多么高明的写作大师，用文字是无法刻画小五台的，更何况是我呢，挖空心思，堆砌辞藻，其实就是对小五台形象的一个玷污。小五台，只有你用心去拥抱，静静地用还有生气的思想去体会，你才能深刻地认识她。

从东台下山的时候，可爱的绿野终于犯了一个行程中最最美丽的错误，这让每一个回来的队员都津津乐道而不疲。踏着前辈们踩出的小路，唱着来，唱着去，绿先生竟然迷失了方向，以至于走上了一条属于我们自己的路。这或许是小五台对这帮虔诚的朋友的一个馈赠。

随着海拔越来越低，小五台的季节又慢慢从冬回到了收获满眼的秋，这又是小五台个性的另一面。漫漫的植物丛中，时时现出一树树的沙棘，刚出生的鹅黄，成熟的火一般的红，那是通体透明的深红，如工艺出色的匠人制作的精品内画，咬到嘴里透着醇厚的酸，难以形容的感觉，只是余味无穷；一窝窝的刺榴，灯笼般看着美丽，杨梅般吃着爽口；还有一捧捧倒挂金钟样的不知名的红果，引发无数相思。这是一条养在深闺人不知的路，小五台毕竟是野性的小五台，她有着常人难以理解的独特的一面，个性使然。就这样，伴着美丽，我们陶醉地走出了小五台的四季。

野性的人

美丽的小五台，以她独有的浪漫和孤独，吸引了无数前来看望的人们。或许是惺惺相惜的缘故，野性的山往往有她野性的朋友，没有了人的相伴，即便是野山，她的灵性也会被淹没在亘古的寂寞中。于是，该人物出场了。首先想提的，是我们此行的三位女性，从当初出发的时候，她们的表现如何无疑受到了更多的怀疑和担心。让人无比欣慰的是，女性的伟大，在这一次的小五台之行中，又一次得到了深刻的诠释，吃苦在前，勇往直前，乐于助人，意志坚韧，所有的疑虑烟消云散。回想起来，我们的想法，真是替古人担忧。让小五台记住她们：默默无语不问收获的“长缨在手”、风趣幽默乐观向上的“小猪”、天真无邪细致入微的“沙啦啦”（暂且这么叫吧）。

但凡初次加入户外的驴友，往往有着老驴所缺乏的棱角和激情，这其实就是户外的精髓：野性。以老孙为发起者的三位新驴，专“冒天下之大不韪”，匆匆然就一步来到了小五台，不要怀疑，不要耻笑，心若在，激情就在，只要精神不倒，前进的路上就没有失败者。还有值得一表的是我的老驴伴“小白兔”，作为历次活动的后进分子，重点照顾对象，这次的成行，让我一路担忧。结果却是，纵然腿负重伤，行程中却依旧充满了他的笑语，这就够了，还要什么呢？直到现在，我还在问自己，这就是那个传说中弱不禁风的“小白兔”？这一切都是真的？还有年轻的公驴“牛肉干”，给我留下的更多是敬重。他承受了远超过他年龄的责任，默默地用自己的年轻书写了一份成熟和奉献，青山作证，厚德必有厚报。

渐行渐陡的雪坡上，悄悄地追上来一只平均年龄六十岁的老驴队伍，猎猎的寒风中，泥泞的草地上，当你看到七十二岁高龄的老叟健步如飞，当你看到赤裸上身还热气满怀，当你看到赤着双脚依然坚定的脚步时，不知道会作何感想。身上的重负在悄悄减轻，生理上的极限反应杳无踪影，静静的小五台，用她宽广的胸怀在感恩着厚待她的野性的人们。

呼唤野性

下山的迷茫路上，正在为前途难卜而忧虑的时候，眼前豁然开朗出了一条宽阔的公路。在为胜利欢呼之际，一丝隐隐的担忧悄然爬上心头。沉默的小五台，因了她的野性，才会有如此众多的人来看望她；户外运动，因了隐含的野性，才会有那么多的人们来热爱它。野性，是传承了良知的文明，放飞心情，弘扬个性，正是户外运动的精髓所在。没有了苦苦追求的安静与自然，喧嚣与物欲走进山间，那时的小五台，留给人们的会是什么？当老虎安然地与小鸡做伴，当悄然漫步的山溪装上了精致的水嘴，当静默的群山穿上了一级级舒适的台阶，等到人们无限感慨地发出“还我苍凉”的时候，那也真是人类的一个悲哀。世故而物欲的人们，保留一份清醒吧！

行文的过程中，惊闻又有两位户外的爱好者遇难，默哀的同时，再次向组织者和驴友们郑重提出，善待生命才是户外的第一要义，野性与理性的有机结合，或许才是户外运动的特有规则。

又记

为了雪莲的传说，我轻轻地来了，小五台，为我编织了一个时时萦绕心中的梦；轻轻地，我走了，带着云卷云舒的轻逸。美丽而野性的小五台，就像一个古村落中蒙昧而善良的少女，带给我们的是无尽的遐想和情思。

应众驴友之约，捉笔涂鸦。用一首歌作结："一条路，落叶无尽，走过我，走过你……走过春天，走过四季，走过春天，走过我自己。"

是为本记。

也登泰山

1

我爬泰山，这可是头一回。

听人说，那可是个好地方啊，世界闻名呢，李健吾先生也这么认为，他好像无动于衷地说了说泰山，却悄没声响、从容不迫地把人的情绪撩拨得跳跳荡荡的。

就带着这样一种心情，鼓起一口气，我也被召唤到了这里。好歹看一遭吧。

“前面就是了，”车里有人喊起来。

哪座？那就是？不像呀，这不跟金山一样吗？那有多大意思啊？

——家乡的四面都是山，而金山最为高大、出名，金山真的就是家乡的“泰山”了。

能有什么看头啊，这么矮，几步就爬到顶了。来时的情绪猛地去了一大半，有些怀疑那些精美的传说了。

然而既然来了，就去走一遭吧，魔术也是骗人的，不还是有许多人爱看吗？

天却不照顾这不太高昂的情绪，照旧要着它那夏日的威风，好像不这样，别人就会把它看成了严冬。

汗水勾起了一股怨恨：李健吾呀李健吾，你是赶上了一个下雨的好天气，不冷不热的，干吗把泰山说得那么玄乎？害得我来做这次苦难之行。

牢骚归牢骚，路却还得走，不然金山也是难以爬上去的，何况现在，眼前的这座“金山”悄悄地又大了不知多少倍。

过了山门，渐渐地入了正路，一段荫凉一段阳，两边是单调的树木、山石，跟家乡的山一样，无多大意思。路虽然好走，却添上了人工的痕迹，也就失去了那种自然美。

路也奇特，一段上坡，一段下坡，于是牢骚更大：“这不是穷折腾人吗?”

心里都要骂李健吾了。支撑我继续爬的只有一种无可奈何的情绪了，我甚至对泰山产生了一种恼恨之情。有什么看头啊!

直到中天门，情绪还是提不起来。看到下山的也是一个个气喘吁吁，大汗小流，又听说这才只走了一半路，心里就有些恐惧了，不屑一顾的态度淡了些，对泰山有一丝敬畏以至敬重了，不过还没把它真正当回事。

吃了些东西，大歇了一场，准备例行那下一半的路。

2

抬起头来，浓浓的雾岚把山打扮得朦朦胧胧，面目全非，看不透它的模样。于是一种神秘感勾起了我的好奇心，情绪有一丝激动了。

直到走上了这一半的路，我才感到风景真的出现了。

时已近傍晚，太阳已转到山那边，只把几缕淡淡的光探进这两面绝壁的山里，便有一些肃穆庄重的味道了。

越往上走，风景越浓。等到了步云桥，我算真是被泰山征服了。

两边山崖峭立，从生的树木透出一股凝重的葱茏，而最让我激动的还不在这，是那点缀在绝壁上的几朵野花。不多，就那孤单单的姊妹几个，或是金黄、或是火红的平静地立着，然而这就够了。进到这样的境界，难道还不足以把你醉倒吗？它无意与那些文人墨客刻下的留言赠语相争，却于平凡和自然中透出了一股无与伦比的神韵，如果问什么能体现出泰山的风格，那么在我心中该首推它了。泰山的伟大，不正在于自然的伟大吗，不加雕饰，才更应该是它的本色。

一股敬意油然而生，心里像有什么在撺掇，总想大喊几声。

健吾先生，冤枉了你了！

不知不觉，十八盘已悄悄地溜到了脚下，观赏是轻松的，路却难走。为了观赏，却必须走路，这，是心里明白的。

我也认识到，不经过一段苦的跋涉，也是难以见到真的东西的。别人不都这么说吗，“无限风光在险峰”啊。

天色越来越黑，两边的山崖也越来越模糊，伴着艰难的步履，一种历史使命般的沉重悄悄地压上了心头，它催我自省。

3

等爬到南天门，天已是完全黑了下来。

真的有些乏了，在此逗留了一夜。

如果说白天那还是酷夏的话，那么现在可真的就是严冬了。阵阵寒风，毫不留情地往骨子里钻，如果不是亲自来这儿待了一宿，在温暖被窝里的你也会跟我想李健吾一样，把我当成骗子。

当然肯付出这样的代价，是有目的和希望的。泰山极顶观日出，向往的大约不只我一个。

失望后遇到转折激起的希望是势不可当的，这份勇气把我推到了寒风透骨的黎明前的泰山极顶上。

我没见过海，只从书的描写中看到一些，不敢妄加比喻。可是我看到的山下，实在是该称做海了。不管是根据别人的介绍还是自己下意识的想象，我都已坚定不移地相信，这就是海了。海是伟大的。

那片翻卷涌动的云海透射出一股极强的诱惑力，心中都跳荡出了一股投入它的怀抱的念头。那一片让人心驰神往的苍茫啊，我怎么说你才不负你的神韵呢？我只有大喊一声了，不，我只有跳下去不顾死活了。

天一丝丝地加亮，风却是一点不饶人，寻缝找隙地往你骨子里钻，好像在逼你离开这里，这更让人珍惜这次艰苦却是满怀希望的等待了。

时间在焦急中一分一秒地过去，可那个家伙却像故意在和人们捉迷藏，已经过了正常的日出时间了，它还是不肯展颜，希望不断地被冷风一丝丝地扯成失望。终于，我在叹息怅惘自己来的不是时候中决然要起程了，就在拔步的当儿，一声激动的大喊“出来了”，使我蓦然回过了头。

海海漫漫的云中慢慢地蠕动出了一轮红日，灿烂壮丽的霞光一丝丝洇散开来，随着红云的增加，猛地一下光芒万丈，那个主宰万物的精灵极其敏捷地跳出了束缚，我的心差点也要随着跳出来，时间在这一瞬间凝固了。

白色苍茫的云海上，一轮火红的太阳在凛冽的寒风中金光四溢……

泰山，我真的认识了你！